Knaus

K

Dietmar Sous

Sweet About Me

Roman

Knaus

FSC
www.fsc.org
MIX
Papier aus verantwortungsvollen Quellen
FSC® C014889

Verlagsgruppe Random House FSC-DEU-0100
Das für dieses Buch verwendete FSC®-zertifizierte Papier
EOS liefert Salzer Papier, St. Pölten, Austria.

1. Auflage

Gesetzt aus der Stempel Garamond von
Buch-Werkstatt GmbH, Bad Aibling
Druck und Einband: Friedrich Pustet KG, Regensburg
Printed in Germany
ISBN 978-3-8135-0455-2

www.knaus-verlag.de

Für Wolfgang Gerarts

I

Mit vier wusste Maya, dass der Braune Waldvogel weder Schnabel noch Federn hat, weil er kein Vogel, sondern ein Schmetterling ist. Maya wollte Züchterin werden, um Schwalbenschwanz und Pantherfalter vor dem Aussterben zu bewahren. Aber nicht nur die Grazien zogen sie an, auch der unscheinbare Kleine Kohlweißling konnte sich auf ihre Sympathie verlassen.

An Raupen durfte sich in unserem Garten niemand vergreifen, sie standen unter Naturschutz, gegen den ich manchmal heimlich bei nächtlichen Razzien mit Taschenlampe und wenig Erfolg verstieß. Auch Brennnesseln, wichtige Landeplätze für Schmetterlinge, machten sich ungehindert und hochnäsig breit.

Kaum konnte Maya lesen, mühte sie sich mit Schmetterlingskunde und dem Auswendiglernen von wissenschaftlichen Bezeichnungen ab. Korscheltellus lupulina. Pharmacis fusconebulosa. Abends schlief sie oft mit dem Lehrbuch in den Händen ein.

Sie hasste Schmetterlingssammler, weil die ihre Beute

töteten und aufspießten. Nie versuchte sie, die Tiere einzufangen, sie lief ihnen bloß nach und betrachtete sie, wie sie Blütennektar saugten oder sich ausruhten.

Viele Jahre war Mayas Zimmer ein Museum für selbst gemalte Schmetterlingsbilder, an den Wänden eine Tapete aus Finger-, Sprüh- und Wasserfarben. Kurz nach ihrem vierzehnten Geburtstag hängte sie die Bilder ab und ersetzte sie durch Fotos, auf denen der Schauspieler Johnny Depp zu sehen war.

Gegen Sterben und Aussterben kämpfte sie aber weiterhin. Sie pflückte Schnecken und Regenwürmer von der Straße, brachte Spinnen vor dem Staubsauger in Sicherheit. Sie stellte ihre Versuche nicht ein, den Rest der Familie einschließlich der Katze zu Vegetariern umzuerziehen und rannte nach wie vor mit einer Handglocke über die an unser Haus angrenzenden Wiesen, um Mäuse, Igel und Käfer vor dem Bauern und seinem Mäher zu warnen.

In wenigen Stunden würde sie gestrandete Krebse und Quallen einsammeln und ins Meer zurücktragen. Dabei hätten Maya, Betty und ich viel dringender einen Retter gebraucht. Doch dass wir unserem Untergang entgegenfuhren, konnte keiner von uns ahnen.

»Mach mal lauter«, sagte Maya, als der holländische Sender einen übernervösen Mix aus Techno, House und Drum and Bass brachte.

Maya saß auf dem Rücksitz, zu beiden Seiten von Käfigen eingezwängt, in denen Meerschweinchen und Zwergkaninchen den Sinn ihres Lebens darin sahen, für schlechte Luft zu sorgen. Ich schaltete das Radio aus.

»Das Problem ist, dass ich mich bei dieser Musik nicht aufs Fahren konzentrieren kann«, sagte ich.

»Du bist zu alt für diese Musik, das ist das Problem!«, rief Maya.

»Hallo, mein Schätzchen! Ich bin fünfundfünfzig und nicht fünfhundertfünfundfünfzig! Und übrigens: Neulich auf dem Elternabend hatte mindestens die Hälfte der Väter einen Bauch und eine Glatze, die meisten anderen hatten graue Haare. Ich bin nicht fett, habe keine Glatze und nur ganz wenige graue Haare.«

»Von wegen! Du hast total viele, die solltest du dir mal färben lassen –«

»Schluss jetzt, Maya«, sagte Betty, die noch kein einziges graues Haar hatte. »Nimm deine Mütze ab, und dann unterhalten wir uns mal über *deine* Frisur.«

Maya hatte vor ein paar Wochen in einem Zweithaarsalon ihre langen kastanienbraunen Haare abschneiden lassen, weil sie ein paar Euro für ein Sonderangebot in einem Kramladen brauchte. Wir hatten ihr nämlich wegen militantem Vegetarismus für einen Monat das Taschengeld gesperrt. Während Betty und ich mit Genuss ein laut Gütesiegel artgerecht gehaltenes Hähnchen essen wollten, hatte Maya uns mit Nazis verglichen, dazu ein Gebrüll wie im Schlachthof: »Mörder!«

Für hundert Briefmarken mit Tiermotiven aus irgendwelchen Operetten- und Musicalstaaten opferte Maya ihre Haare, auf die Betty und ich so stolz gewesen waren. Für wertloses, schreiend buntes Zeug und ein kleines Album ließ sie sich scheren, entstellen. Zwei Euro waren noch übrig geblieben. Die investierte sie im selben Laden in einen grünlichen »Edelstein« aus Plastik und einen Schlüsselanhänger aus Vietnam, Geschenke für Betty und mich.

Seit dieser Aktion trennte sich Maya nicht mehr von ihrer schwarzen Mütze. Einem Lehrer, der die Kopfbedeckung im Unterricht nicht dulden wollte, erzählte sie von einer Chemotherapie. Die Klassenlehrerin hatte mir telefonisch Betroffenheit und Mitgefühl ausgedrückt. Ich hatte das Gespräch schnell beendet.

»Das ist doch nicht normal«, sagte Betty, als ich zum dritten Mal einen Rastplatz ansteuerte. »Du musst dringend zum Urologen. Dringend, hörst du?«

Ich hatte kein Problem mit der Blase, sondern Angst, der neue Dachgepäckträger, auf dem unsere Fahrräder befestigt waren, könnte sich losreißen und denen, die hinter uns fuhren, zum Verhängnis werden. Alles war aber noch an seinem Platz. Erst einmal würde es kein von mir verschuldetes Autobahndrama mit Toten und Schwerverletzten geben. Die Schrauben und Halterungen hatten sich nicht gelöst, sich nicht einmal gelockert, obwohl *ich* sie befestigt hatte.

Am Morgen hatte ich mehr als eine Stunde für den Aufbau gebraucht. Ich verstand die Anleitung nicht. *Denkbar einfach! Die Gummiteller müssen am Dachholm anliegen. Arme an der Dachreling einhaken und mit Inbusschlüssel verschrauben. Fertig!* Kopflos und verschwitzt hatte ich versucht, Text und Skizzen zu verstehen, Dachreling und Dachholm zu unterscheiden. Und welche *Arme?*

Betty und Maya hatten zunehmend gereizter Zeichen gegeben, dass sie reisefertig waren. Nachbarn sahen mir mit den Händen in den Taschen über die Schulter zu und stellten blöde Fragen. Krähen, die im Vorgarten herumhüpften, krächzten höhnisch. Ich rannte um das Auto herum, suchte ein Wunder, fand aber immer nur mein blaues. Ich fühlte mich vom Heimwerkerpech verfolgt wie Buster Keaton, der in einem Film, dessen Namen ich vergessen habe, einen Nagel für ein kleines Bild in die Wand schlägt und damit das ganze Haus zum Einsturz bringt.

Eigentlich wollten wir früh losfahren an diesem Unglückstag, um mehr Zeit für das Meer zu haben. Betty hatte den neuen Gepäckträger gekauft, weil der angeblich leichter zu handhaben war als der alte. *Eins, zwei, drei – fertig! Ein Klacks, ein Kinderspiel, absolut idiotensicher! Und schwupps, die Räder obendrauf!*

Schließlich hatte Betty mir die zerknitterte Aufbauanleitung aus den ratlosen Händen gerissen. Sie brauchte keine fünf Minuten, um den Gepäckträger so auf dem Autodach zu platzieren, dass ich nur noch die Schrauben festdrehen und die Fahrräder fixieren musste.

»Was bist du bloß für eine Pfeife«, sagte Maya, als sie endlich ihre Käfige auf dem Rücksitz verstauen konnte.

Inzwischen saß Betty am Steuer. Ich war ihr wohl zu langsam gefahren. Im Radio lief *Sweet About Me*, Mayas Lieblingslied, das sie laut und textsicher mitsang. Betty fuhr hundertzwanzig. Ich stellte mir mit aufeinandergepressten Lippen vor, mit welcher verheerenden Zerstörungskraft der Fahrtwind auf den Gepäckträger einwirkte. Auch Straßenschäden und holpriger Streckenbelag arbeiteten gegen meine Urlaubsstimmung. Dieses Rütteln, das konnte nicht mehr lange gut gehen! Bei jedem unerwarteten Geräusch zuckte ich zusammen. Das Radio meldete einen schweren Unfall zwischen Amsterdam und Amersfoort, acht Kilometer Stau. Ich ließ das Seitenfenster herunter, steckte den Kopf heraus und verrenkte mir fast den Hals, um Sichtkontakt zu den Fahrrädern zu bekommen.

»Stimmt was nicht?«, fragte Betty.

»Bloß frische Luft«, antwortete ich. »Die Meerschweine stinken wie Sau.«

Betty warf mir einen Jetzt-stell-dich-mal-bloß-nicht-wieder-so-an-Blick zu und überholte ein buntes Wohnmobil.

»Voll die Scheiße, mein Mathelehrer!«, rief Maya und duckte sich. »Wenn der in unserem Ort Urlaub macht, bring ich mich um.«

»Eher bring ich *ihn* um«, sagte ich, spannte meinen rechten Daumen an und legte Zeige- auf Mittelfinger. Ich kniff die Augen zusammen, zielte, »peng, peng«. Dann blies ich imaginären Pulverdampf weg.

»Total bescheuert, Cowboy?«, sagte Betty. »Kann sich garantiert keine Zehntelsekunde im Sattel halten, der alte Sack, aber John-Wayne-Flausen ganz dicke!«

Ich lächelte besänftigend, verwandelte im Handumdrehen meine Fingerpistole in ein V. »Make love, not war.«

»Und außerdem«, sagte Betty, »ist der Mathelehrer gar nicht so schlimm.«

»Wie bitte?«, rief Maya. »Weißt du, was der neulich zu Lars gesagt hat? ›Du bist so dämlich‹, hat er gesagt, ›du kannst später noch nicht mal Verteidigungsminister werden!‹«

»Da habe ich in meiner Schulzeit aber wesentlich

Schlimmeres erlebt«, sagte ich. »Meine Klassenlehrerin in der Grundschule zum Beispiel. Die wollte einem Mädchen, das Linkshänderin war, mit einer Kordel den linken Arm auf dem Rücken festbinden. Das Mädchen wehrte sich, und bei dem Gerangel hat die Lehrerin ihm den Arm gebrochen.«

»So was würde sich heute kein Lehrer mehr trauen«, sagte Maya. »Da sieht man mal wieder, wie alt du schon bist.«

Betty lachte.

»Du fällst mir also auch in den Rücken«, sagte ich. Demonstrativ konzentrierte ich mich jetzt auf die Treibhauslandschaft, die an uns vorbeiflog, und lauschte auf verdächtige Geräusche vom Autodach. Betty schaltete das Radio wieder ein und lieferte mir damit noch einen weiteren Scheidungsgrund: Radio Noordzee 100.7 FM brachte *High On Emotion* von Chris de Burgh. Betty sang mit, als ginge es um den Sieg beim Eurovision Song Contest.

Betty. Ich hatte sie vor fünfzehn Jahren an einem Freitagvormittag im April kennengelernt. Der Tag hatte nicht gut angefangen. Mein Faxgerät hatte einen Papierstau. Meine Reparaturversuche führten zum Totalschaden. Einen Internetanschluss hatte ich damals, Mitte der Neunzigerjahre, noch nicht, deshalb musste ich meinen Artikel über den beliebten Popsänger Chris de Burgh zu Fuß zur Post bringen. Unter der Überschrift *Kuschelrock für Omi* hatte ich kein gutes Haar an dem Iren und seiner Musik gelassen. Aufgedreht, berauscht von dem Gedanken, einen Weltstar gestürzt und aus der Halle des Ruhmes verjagt zu haben, hätte ich nur meine Arme ausbreiten müssen, um loszufliegen. Der Boden der Tatsachen hatte mich wieder, als ich merkte, dass ich den Brief an die Redaktion gleichzeitig mit einem Honorarscheck eingeworfen hatte, den ich in der Sparkasse neben dem Postamt einlösen wollte.

Bis zur nächsten Leerung waren es noch gut siebzig Minuten, und es regnete. Ich wäre gern in das italienische Café gegenüber gegangen, aber das war mir zu riskant. Ich durfte den Briefkasten nicht aus den Augen lassen.

Ich beobachtete die Postkunden. Manche konnten sich nur schwer von ihren Briefen und Karten trennen. Sie standen unschlüssig vor dem Kasten herum, drehten und wendeten ihre Schreiben oder Grüße, zögerten den Abschied hinaus. Vielleicht machten ihnen Zweifel an der Zuverlässigkeit des Beförderungsunternehmens zu schaffen, oder sie überlegten, ob sie das, was sie da geschrieben hatten, besser nicht geschrieben hätten. Andere dagegen erledigten ihren Einwurf mit der grimmigen Entschlossenheit von Staatsanwälten und

Attentätern oder der siegesgewissen Beschwingtheit routinierter Heiratsschwindler.

Mir war kalt. Um mich aufzuwärmen, stellte ich mir vor, wie sich Chris de Burgh über meinen Verriss ärgern, wie er an die Decke gehen und platzen würde. Vor ein paar Jahren hatte ich ihn in seinem Hotelzimmer interviewt. Er saß, nein: thronte mit einem Whiskeyglas und ein bisschen unrasiert im weißen Bademantel auf einem Bett, dessen Laken kunstvoll zerwühlt und mit Schnee aus Kopfkissenfedern bestreut war. Ein schwarzer Damenstrumpf, zwei rote Schuhe mit dolchspitzen Absätzen gehörten ebenfalls zur Dekoration, die eine nächtliche Orgie soufflieren sollte. Rock 'n' Roll! Aber ich war in den verschwitzten Zimmern von Iggy Pop und Liam Gallagher gewesen, hatte den scharfen Geruch nach Sex auf Leben und Tod gerochen. In de Burghs Suite roch es bloß nach Inszenierung und Bluff. Falls im Bett des Musikers mit den vielen goldenen Schallplatten überhaupt etwas stattgefunden hatte, dann höchstens eine müde Kissenschlacht.

Chris de Burgh spielte mit dem Gürtel seines Bademantels, und nach einem großen Schluck goldgelber Flüssigkeit atmete er tief durch. Unvermittelt und ungefragt behauptete er, nie Kritiken zu lesen. Als kreativer Rockmusiker habe er Besseres zu tun. »Rockmusiker?«, fragte ich. »Sorry, Sie meinen wohl: Schlagersänger.«

Da war unser Gespräch zu Ende. Der Sänger von *High On Emotion* kreischte und schüttete mir den Inhalt seines Glases ins Gesicht. So flog immerhin auf, dass sein Whiskey, den er mit dem Brimborium eines harten Trinkers zu sich genommen hatte, in Wirklichkeit Kamillentee war. »Fucking bloody bastard«, schrie der unsympathische Ire, »fucking bloody German Nazischwein!« Zwei Bodyguards kamen aus dem Nebenzimmer und packten mich nicht nur am Kragen.

Aber jetzt hatte ich zurückgeschlagen. Ich hatte de Burgh einen Rockeunuchen genannt und auch sein Teedesaster nicht verschwiegen. Außerdem hatte ich behauptet, er sei Toupetträger. Sauber recherchiert war das zwar nicht, aber einem irischen Nervenzusammenbruch bestimmt förderlich. Ich lachte in mich hinein, eine dunkelhaarige Briefschreiberin lächelte zurück.

»Kennen Sie Chris de Burgh?«, fragte ich.

»Chris de Burgh?«, antwortete sie. »Ja, natürlich! *Don't Pay The Ferryman.* Und *The Lady In Red,* Lieblingslieder von mir! Auch Fan?«

Ich ließ die Frage im Raum stehen. Der Regen war vorbei, und in den Augen der Frau ging die Sonne auf. Sie war so schön, dass ich wünschte, alle Männer außer mir fielen augenblicklich tot um. In hastigen, unvollständigen Sätzen und mit mindestens zwei groben Verstößen gegen die deutsche Grammatik erzählte ich von meinem verlorenen Scheck. Die Frau lächelte mitfühlend. Es war ein Wunder von einem Lächeln. Dann warf sie ihren Brief ein und ging. Ich sah ihren Beinen nach, den wehenden Haaren. An diese Frau musste Chet Baker gedacht haben, als er sein schönstes Lied sang, *Let's Get Lost.*

Noch vierzig Minuten bis zur Leerung. Ich las meinen Reisepass von der ersten bis zur letzten Seite, zählte mein Kleingeld. Ich überlegte, mir das Rauchen wieder anzugewöhnen. Auf der Straße ereignete sich beinahe ein Blechschaden, auf dem Gehweg kam es zu einem Ehestreit. Ich dachte über die Liste meiner zwölf Lieblingssongs nach. Ein Bekannter, der mir seit Monaten Geld schuldete, nicht viel, aber auch nicht wenig, kam mir entgegen. Er hatte seine kleine Tochter an der Hand. Ich drehte mich weg, weil ich weder ihm noch mir den Tag verderben wollte. Da sah ich, wie die Dunkelhaarige das italienische Café gegenüber verließ. Sie hatte ein Tablett in der Hand. Darauf zwei Gläser Prosecco und ein paar Happen Antipasti. Und sie kam direkt auf mich zu.

»Zum Zeitvertreib«, sagte sie, als sie das Tablett auf dem gelben Briefkasten abstellte.

Ich prostete ihr zu und wünschte, die Zeit bliebe stehen. Als die Leerung erfolgte, hatte ich meinen Scheck längst vergessen. Betty war es, die dem Mann mit dem Postsack mein Problem erklärte.

Die Sonne schien, als wir vor unserem Ferienhaus eintrafen. Deichgras bog sich im Oktoberwind, Möwen umkreisten den schwarz-weißen Leuchtturm und schrien wie bei Robert Louis Stevenson. Auf dem Parkplatz deutsche Kennzeichen, Rhein und Ruhr. Wetterberichte wurden ausgetauscht und Geheimtipps, die jeder in- und auswendig kannte.

Vom Haus bis zum Meer waren es höchstens fünf Minuten. Wir kamen seit Jahren über Ostern und in den Herbstferien hierher, weil Strand und Gegend nicht überlaufen waren und uns das Haus gefiel. Sauna und eine runde Badewanne für zwei; breite, unprotestantische Betten. Früher hatten wir uns über Leute lustig gemacht, die immer am selben Ort Urlaub machten. Wie Familie Mustermann, keine Experimente.

Während Betty und Maya die Haustiere versorgten und Hautschutzcremes auspackten, schraubte ich die Fahrräder vom Dachgepäckträger los. Die Schrauben waren so fest angezogen, dass ich alle Mühe hatte, sie aufzudrehen. Ich trug Kartons mit Lebensmitteln, Koffer und Taschen die steile holländische Treppe hoch. Dann rannten wir barfuß zum Strand, zur Sonnenterrasse unserer Stammkneipe. Henk, der Wirt, musste uns von Weitem gesehen haben, denn bei unserem Eintreffen spielte er einen Hit von 1967. *San Francisco (Be Sure To Wear Some Flowers In Your Hair).* Henk meinte, mir damit einen Gefallen zu tun. Dabei hatte ich ihm sowohl in fließendem Deutsch als auch in gebrochenem Niederländisch zu verstehen gegeben, dass ich noch nie an die Macht der Blumen geglaubt hatte. Dass ich mich glücklich schätzte, wegen der katastrophalen sanitären Verhältnisse und der lausigen Musik nicht in Woodstock gewesen zu sein, dass ich überhaupt und genau genommen viel zu jung für Woodstock sei und dass ich auch nicht zu denen gehörte, die sich an jedem 3. Juli in eine enge schwarze Lederhose zwängten, um so den Todestag von Jim Morrison zu begehen. Doch ich konnte sagen, was ich wollte, für Henk war ich ein alter Hippie.

Egal, ich war glücklich: Die Fahrräder waren nicht vom Dach gefallen, ich hatte also keine Toten und Schwerverletzten auf dem Gewissen, mein handwerkliches Ungeschick war vergessen. Und bei der Anmeldung hatte mich die Maklerin gefragt: »Twee persoonen?« Ich hatte genickt und damit fünfzehn Euro Kurtaxe gespart.

Kaum eine Wolke am Himmel, das Meer und das Leben waren schön. Ich konnte das Wort *unbeschwert* fehlerfrei buchstabieren, auch wenn jetzt *A Whiter Shade Of Pale* lief und Henk mich nicht aus den Augen ließ, bis ich, um die heiklen deutsch-niederländischen Beziehungen nicht unnötig zu belasten, Zeige- und Mittelfinger gespielt dankbar zum Victory-Zeichen spreizte.

Der Wirt schob seinen breitkrempigen, dunkelbraunen Lederhut in den Nacken und lächelte wie einer, der sich immer und überall auf seine Menschenkenntnis verlassen kann.

Spätsommer im Herbst. Die Blicke, die andere Männer auf Betty warfen, taten mir wohl und weh. Es roch nach Grillfeuer und Sonnenmilch. Zwei zwölfjährige Bikinimädchen stolzierten mit einem Hauch von Brüsten auf und ab. Angler gruben nach Wattwürmern. Hundegebell und Lachen wehten herüber. Die Rehbergs, ein altes Ehepaar aus Düsseldorf, waren auch wieder da. Sie besaßen eine Eigentumswohnung in der Nähe unseres Ferienhauses und fanden immer alles *reizend* an uns. Sie hätten uns wohl am liebsten adoptiert. Wir duckten uns weg, entgingen so ihren zeitraubenden Nettigkeiten.

Das Meer träumte weiter vor sich hin. Ein Storch landete und ließ sich von einer Kellnerin mit Käsestückchen füttern. Weil Maya an Land gespültes glitschiges Leben retten musste, ging ihrer Cola die Luft aus. Die Nichtraucherin Betty rauchte eine Zigarette, ich kippte mein zweites Heineken. Die Altersheimbelustigung war beendet, Boz Scaggs sang *Lowdown.* Das Stück war immerhin von 1975, Blumen kamen nicht darin vor. Es war ein perfekter Nachmittag.

»Woran denkst du?«, fragte Betty.

»Datenschutz«, antwortete ich. »Und du?«

»Ans Ficken«, sagte sie und holte ihren Lippenstift aus der Handtasche, benutzte ihn aufreizend.

Betty hatte das Wort bis vor einem halben Jahr nicht ausstehen können. Nur Frauen verachtende Blödmänner benutzten es bis dahin ihrer Meinung nach. An dem Samstagabend, an dem das Wort zu Ehren gekommen war, hatte Maya bei einer Freundin übernachtet, ich war früher als erwartet von einem Rockkonzert zurück. Gitarrensoli wie in den frühen Siebzigern hatten mich vertrieben. Als ich beim Öffnen der Haustür Schreie und Stöhnen hörte, rechnete ich mit dem Schlimmsten. Aber Betty hatte keinen triebgesteuerten Besuch. Sie saß mit Rotwein und Pizza vor einem Film, der in einer Samenbank spielte. Die weiblichen Bankangestellten waren hoch motiviert. An der Arbeitsmoral ihrer Kollegen gab es auch nichts auszusetzen. Die Bank florierte. Betty und mich überzeugte das alles nicht: Die Handlung war eine intellektuelle Zumutung, Dramaturgie und Kameraführung laienhaft, auf allerunterstem Niveau war die Wortwahl der Darsteller. Der Regisseur versteckte sich feige hinter dem Pseudonym Pim Pint. Dass er jemals eine Filmhochschule von innen gesehen hatte, war mehr als zweifelhaft. Nein, es war nicht auszuhalten, langweilig, immer dasselbe, deshalb sparten wir uns die letzte halbe Stunde des ordinären Streifens.

»Soll ich dir einen blasen?«, hatte Betty gefragt.

»Besser nicht, Liebling«, hatte ich geantwortet wie Gary Oversize, der tätowierte Häufigspender. »Mein Schwanz ist zu groß für deinen Mund, du würdest daran ersticken.«

»Dann polier mir die Muschi auf die harte Tour«, hatte Betty die rasierte Assistentin Mary McBoobs zitiert. »Aber mach mir vorher die Zitzen hart mit deinem fetten Sahnespritzer.«

»Ich hab übrigens kein Höschen an«, sagte Betty jetzt. »Aber einen schwarzen Push-up.«

»O mein Gott«, sagte ich mit zittriger Stimme. »Einen Push-up brauchen deine strammen Titten doch gar nicht!«

Wir waren wohl zu laut gewesen, denn die Frauen am Nebentisch redeten jetzt auch über Bettwäsche, BHs aus Latex und Slips, im Schritt offen.

Eine verschwitzte, rotgesichtige Maya gab mir plötzlich einen Kuss auf die Stirn. »Tut mir leid«, sagte sie.

»Was tut dir leid?«

»Na ja, das mit der Pfeife und dem uralt und so. Stimmt ja überhaupt nicht. Corinna aus meiner Klasse hat neulich gesagt: Für Ende fünfzig hat dein Alter aber noch 'nen relativ knackigen Arsch.«

Betty verschluckte sich an ihrem Bier und prustete.

Gabriella Cilmi sang *Sweet About Me.* Maya übertönte mit ihrem Gesang das gackernde Lachen der Frauen am Nebentisch. Ein Windstoß zerstörte die Flugbahn eines Lenkdrachens.

Ich schnitt Zwiebeln klein, zerteilte grüne und rote Paprika, eine Aubergine, dabei dachte ich an die runde Badewanne, wo ich später, während Maya einen Film mit Hugh Grant sehen würde, nicht nur ein Stück Seife in Betty verstecken wollte. Da rief Gerster an. Er war der stellvertretende Chef des Magazins, für das ich Plattenrezensionen und Konzertberichte schrieb.

»Mein Kater Fritz ist eben gestorben«, sagte er mit schwerer Zunge. »Krebs, gelitten wie ein Hund.«

Das Olivenöl in der Pfanne wurde heiß, Maya rief aus ihrem Zimmer: »Beeilst du dich? Hunger!«

In der Uniklinik hatten sie dem Tier nicht helfen können, zuletzt war Gerster an eine Homöopathin geraten, die ihm und dem Kater Hoffnungen gemacht hatte. »Rausgeschmissenes Geld, die Qual um zwei Monate verlängert.«

»Ist das Essen bald fertig?«, rief Betty aus dem Bad. »Ich sterbe!«

»Heute Morgen hat Fritz geschrien, das kannst du dir nicht vorstellen«, sagte mein Chef. »Als würde ihm das Fell bei lebendigem Leib abgezogen. Nie werd ich das vergessen!« Gerster weinte. »Und dann dieser Blick, nachdem er die Giftspritze –«

»Ich sterbe auch!«, rief Maya.

Endlich legte Gerster auf.

Die Pfanne qualmte, die Spaghetti waren zerkocht. Statt in eine Paprika schnitt ich mir in den linken Daumen. Ich fluchte, fuchtelte herum. Blut tropfte auf die Arbeitsplatte, die Zwiebelscheiben, überall dahin, wohin ich meinen Daumen hielt.

»O nein, o nein, verdammt!«, jammerte ich.

Maya sah sich die Wunde kaltblütig an. »Ist doch nicht so schlimm, alte Memme«, sagte sie und lachte.

Ich packte und schüttelte sie, dass ihre Mütze in den dampfenden Spaghettitopf flog.

»Sag das nicht noch mal, du Miststück!«, schrie ich. »Raus hier, verschwinde, ich will dich nicht mehr sehn!«

»Was ist denn hier los?«, rief Betty. »Was macht ihr denn da?«

Ich schwitzte, in meinem Kopf Tumult und ein schriller Pfeifton.

Die Sonne wurde wässrig. Ich verstand nichts von dem, was mir die Möwen zuriefen. Das Meer schäumte, aber ich schlug alle Gedanken an Robert Louis Stevenson in den kalten Wind. Ich trug Mayas Jacke unter dem Arm.

Maya war nach dem Vorfall im dünnen T-Shirt und

ohne Mütze aus dem Haus gerannt. Betty suchte den Strand in der anderen Richtung ab. Ich hätte sofort meine Plattensammlung einschließlich aller Raritäten dafür hergegeben, wenn Maya jetzt aufgetaucht wäre. Ich hatte das Gefühl, mich übergeben zu müssen. In der Ferne verschwand ein Containerschiff im Nebel. Der schwarz-weiße Leuchtturm war im Dienst. An Land gespülte Quallen warteten auf ihre Retterin.

Ich dachte an den Tag, an dem Maya ihre Haare für hundert Briefmarken aus Laos, Fidschi und Uganda hergegeben hatte. Wie sie selbstvergessen vor dem kleinen Album saß, die Marken erst nach den Anfangsbuchstaben der Staaten sortierte, dann nach Tierarten, zuletzt nach Schönheit. Mein Mädchen, meine Kleine. Und ich, der ich mich damals seit Stunden über Gersters Anweisung geärgert hatte, ein Loblied auf das Debüt einer läppischen Studentenband zu schreiben, *ein Album ohne Schwachpunkt, Aufregenderes ist zurzeit nicht zu haben, 5 Sterne.* Ich meinte immer wieder sticheln zu müssen gegen die Kurzfrisur und die wertlosen Briefmarken, so lange, bis Maya zu weinen anfing und sich in ihrem Zimmer einschloss.

Außer Atem rief ich jetzt ihren Namen, wieder und immer wieder, aber nur die Rehbergs antworteten. Sie stellten sich mir in den Weg, ließen mich ihr Wohlwollen spüren.

»Sie haben ja so eine bezaubernde Frau«, sagte die Düsseldorferin, und ihr Mann fügte augenzwinkernd hinzu: »Und noch so jung! Gut gemacht, alter Schlawiner!« Er klopfte mir brutal gutmütig auf die Schulter, ich scharrte mit den Füßen vor Ungeduld und Überdruss, riss mich endlich los. Die beiden riefen mir eine Einladung zu Kaffee und Kuchen hinterher.

Ich lief, rannte, hätte auf Jahre meines Lebens verzichtet, wenn Maya jetzt sofort wieder da gewesen wäre. Und da stand sie, gegen den muschelbewachsenen Stamm eines Wellenbrechers gelehnt, und lächelte verfroren. Mein Herz klopfte wild vor Freude und Erleichterung. Aber dann musste ich daran denken, dass Maya mich eine Memme genannt hatte. Ich warf ihr die Jacke zu und ging weiter, stumm, wie in Trance. Maya rief meinen Namen und dass ihr leidtue, was sie gesagt habe. Ich ging schneller, sie rannte hinter mir her, rief: »Ich hab dich lieb!« Meine Augen und die Schnittwunde brannten, es tat so weh, dass es beinahe eine Lust war. Am Himmel zerkratzte ein Düsenjet die blasse Light-Show der untergehenden Sonne.

Ich ging und ging, bis ich genug hatte von meiner verkniffenen Einsamkeit, der bitteren Leere in meinem Kopf. Die neonblau flackernde Leuchtreklame einer Strandkneipe zog mich an. Die Eingangstür quietschte wie in einem Gruselfilm für Kinder.

»Oude Genever, dubbel, alstublieft«, sagte ich, der vorbildliche Tourist, der die Produkte des Gastlandes zu schätzen weiß und sich bemüht, die Sprache der Einheimischen zu sprechen. »Kommt sofort, mein Herr«, antwortete der Mann hinter der Theke auf Deutsch und mit kalter Höflichkeit. Am liebsten wäre ich wieder gegangen. Aber das wäre schlecht für die Völkerverständigung gewesen.

Ich trank den Schnaps wie ein Profi, schüttelte mich wie ein Amateur. Der Laden war trist wie eine Fernfahrerabsteige im Niemandsland von Sachsen-Anhalt, die Musik klang verkatert. Am anderen Ende des Tresens gaben sich ein paar Deutsche den Rest. Ich glotzte das Dekolleté auf einem Titelbild an. Ohne es bestellt zu haben, wurde mir ein zweites Glas serviert.

»Holland ist Käse, Holland ist Quark«, grölten die Deutschen. Ich vergiftete mich noch einmal gehorsam. Dann nichts wie raus. Hinter meiner Stirn verbündeten sich stechende und bohrende Schmerzen gegen mich. Dass ich dem Thekenmann ein viel zu hohes Trinkgeld gegeben hatte, ärgerte und deprimierte mich. Kränklicher Mond, der Wind hatte keinen Mumm. Ich stolperte über Strandgut und Dünen, brüllte *Be Sure To Wear Some Flowers In Your Hair.* In der gleichen Lautstärke erklärte ich Geneverproduzenten und Deutschen im Ausland den Krieg. Als ich die blinkenden Blaulichter sah, war ich noch einen knappen Kilometer von unserem Ferienhaus entfernt. Ich hörte Schmetterlinge schreien und bekam es mit der großen Angst zu tun. Ich begann zu rennen, rannte, wie ich noch nie zuvor gerannt war.

2

Es geht mir nicht darum, jemand anderem die Schuld zu geben. Ein Mann meines Alters muss nicht gleich durchdrehen, wenn seine halbwüchsige Tochter ihn erst eine Pfeife, dann einen alten Sack und schließlich eine Memme nennt. Aber um mein Verhalten, mit dem ich alles zerstört habe, vielleicht verstehen zu können, muss man die Geschichte mit meinen beiden Vätern kennen.

Mein erster Vater hatte als Vierjähriger in einem unbewachten Moment mit einer Heckenschere hantiert und sich dabei zwei Fingerkuppen abgeschnitten. Deshalb durfte ich, obwohl ein Junge, wie Dornröschen kein Werkzeug anfassen. Scheren, Zangen und Sägen kannten, so mein Vater, nur ein Ziel: meine Verstümmelung. Warnend fuchtelte er mit seiner lädierten Hand vor meinen Augen herum, dabei schob er den Unterkiefer vor und verzog den Mund, als seien die Spitzen seines rechten Zeige- und Mittelfingers eben erst skalpiert worden, die Schmerzen unerträglich frisch. Meine Mutter unterbrach das Kartoffelschälen. Sie wischte sich schnell die Hände ab, bevor sie das Radio ausschaltete, einen brummenden, dunkelbraunen Kasten der Firma Loewe-Opta. Der Westdeutsche Rundfunk hatte ohne Sinn für Pietät einen fröhlichen Walzer von der schönen blauen Donau gebracht.

Weihnachten 1965 war ich zehn Jahre alt. Damit meine Wünsche nicht verloren gingen, vervielfältigte ich meinen Wunschzettel in Schönschrift ungefähr fünfzigmal. Die Zettel steckte ich in die Hosen-, Mantel- und Einkaufstaschen meiner Eltern, legte sie auf ihr Kopfkissen, schob sie vor dem Mittagessen unter ihren Suppenteller. Mit unübersehbar großen Buchstaben bat ich um einen Plattenspieler und *The Sound Of Silence* von Simon and Garfunkel.

»Wer dem Herrn vertraut, wird niemals enttäuscht werden«, predigte der Pastor am vierten Adventssonntag. Ich vertraute dem Allmächtigen, meine Eltern dazu zu bringen, mir einen Plattenspieler von Dual und eine Schallplatte aus Amerika zu kaufen, die auf dem besten Weg war, Nummer eins in den US-Single-Charts zu werden. Sicherheitshalber spendierte ich Gott vor dem Einschlafen ein paar zusätzliche, mit Elan gemurmelte Vaterunser.

Als hätte es nie eine Heckenschere gegeben, von der das junge Blut meines Vaters getropft war, bekam ich am

24. Dezember gegen neunzehn Uhr wie jeder normale Junge einen Werkzeugkasten aus hellem Holz, in das mit geltungssüchtigem Schwung die Worte *Der kleine Handwerksmeister* geschnitzt waren sowie die Gestalt eines hammerschwingenden, vor Tatkraft fast platzenden Lockenkopfs, ungefähr so alt wie ich. Meine Werbekampagne war jämmerlich gescheitert. Gott hatte mein Vertrauen missbraucht. Ich hatte dennoch die Größe, mit einem feuchten Schimmer vor den Augen meine Enttäuschung niederzuhalten und sogar scheinbar erfreut »Oh!« zu sagen, nachdem ich den Kasten aufgeklappt hatte: gähnende Zangenmäuler, scharfe Eisenzähne und eine Laubsäge mit vielen Ersatzsägeblättern statt Musik aus New York und einem Plattenteller made in Germany.

»Finger weg!«, rief mein Vater unweihnachtlich grob und mit so viel Wucht, dass die Wachskerzen zu flackern anfingen. Das einzige Glas Sekt, das er sich an den Feiertagen genehmigen wollte – auf keinen Fall mehr, weil er Angst hatte, an Nierenversagen, Leberzirrhose und Schwachsinn zu erkranken –, kippte um, zerbrach aber nicht.

»Finger weg, hab ich gesagt, verdammt noch mal!«

Der Werkzeugkasten war zwar ein Geschenk für mich, durfte aber nur von meinem Vater benutzt werden. Er gestattete mir, aus sicherer Entfernung dabei zuzusehen, wie er mit einem Bleistift einen großen Stern auf eine Holzplatte zeichnete und dann zur Laubsäge griff, die eigentlich zu klein für seine Hände war. Vielleicht dauerte es deshalb so lange, bis er es schaffte, ein Sägeblatt einzuspannen. Im Radio sang ein Kinderchor *Aber Heitschi Bumbeitschi Bumbum.* Mein Vater sägte und schnaufte, er öffnete zwei Knöpfe des weißen Hemds, das er geschenkt bekommen und sofort anprobiert hatte, weil meine Mutter befürchtete, es könne am Kragen zu eng sein. Sie rückte mit dem Staubsauger an, um das Sägemehl wegzusaugen, das wie dünner Schnee auf den Teppich rieselte.

Das Sägeblatt brach, es musste ausgetauscht werden. Dabei verletzte sich mein Vater, eine kleine Schnittwunde am Daumen. »Verbandszeug, verdammte Scheiße, schnell, oder soll ich verbluten!« Mein Vater übertönte Kinderchor und Staubsauger.

Meine Mutter musste ihn zum zweiten Mal an diesem Tag daran erinnern, dass seine Ausdrucksweise nicht zu Weihnachten passte. Das erste Mal hatte sie das nachmittags getan, als mein Vater versuchte, den Weihnachtsbaum aufzustellen. Ein ungleicher Kampf, in dem viele böse Wörter fielen und der erst zu unseren Gunsten entschieden war, als meine Mutter die Sache in die Hand nahm.

Der Kinderchor sang *Eine Muh, eine Mäh, eine Tätärätätä, eine Tuhute, eine Ruhute.* Endlich konnte mein

Vater die Säge beiseitelegen. Vorsichtig tastete er den Rand des Sterns ab, auf der Suche nach hinterlistigen Holzsplittern, denen er zutraute, Wundbrand und Blutvergiftung hervorzurufen. Dann wurde der Stern über dem Krippenbett des kleinen Wachs-Jesus befestigt. »Schön, nicht?«, sagte meine Mutter und strich mir merkwürdig euphorisch über die Wangen. Mein Vater klappte leise den Werkzeugkasten zu und schlich aus dem nach Tannenharz, Wunderkerzenschwefel und Zimtgebäck riechenden Wohnzimmer, um das gefährliche Geschenk vor mir zu verstecken. Meine Mutter lenkte plappernd meine Aufmerksamkeit auf den Weihnachtsbaum und die Krippe, obwohl es da nichts gab, was ich nicht schon seit Jahren kannte. Aber dann passierte doch etwas. Mein Vater hatte den ausgesägten Stern nicht richtig festgemacht. Der schwere Fünfzack fiel herunter und schlug dem Jesuskind den Kopf ab.

Das nächste Weihnachtsfest fand ohne meinen ersten Vater statt. Er lebte seit dem Sommer mit einer Sprechstundenhilfe zusammen, die er bei einem seiner Arztbesuche kennengelernt hatte. Immerhin verdankte ich seinem Auszug zwei schulfreie Tage; man sollte meine verheulten Augen nicht sehen. Und obendrein bekam ich ein fast neues Transistorradio der Marke Nordmende Stradella, Sperrholzgehäuse mit rotem Kunstlederbezug und braunem Tragegriff. UKW, Mittel- und Langwelle. Neupreis 269 Mark!

Bevor die Sprechstundenhilfe in das Leben meines Vaters getreten war, hatten meine Eltern bauen wollen. Weil sie dafür viel Geld brauchten, hatte mein Vater in seiner Firma zusätzlich den Posten des Nachtwächters übernommen, am Wochenende und an Feiertagen. Damit er nicht einschlief vor Langeweile, hatte er das Radio angeschafft. Ich hatte es einmal auf mein Zimmer mitgenommen, ohne ihn um Erlaubnis zu fragen. Da hatte er getobt und immer wieder und ohne abzurunden hysterisch den Preis genannt: »269 Mark! 269 Mark!«

Am Tag, als er seine Sachen abholte, stand er vor meiner Tür, klopfte leise und bettelte, ich solle aufmachen, er habe ein Geschenk für mich. Nachdem er einen neuen Weltrekord im Anklopfen und Bitte-Sagen aufgestellt hatte, haute er schließlich ab. Da musste ich noch mehr weinen. Draußen vor dem Fenster das Lachen glücklicher, nicht verwaister Kinder beim Fußball- und Versteckenspielen.

Um meinen Vater zu bestrafen, kümmerte ich mich stundenlang nicht um sein Geschenk. Es war schon dunkel, da gab ich doch nach. Meine Mutter hatte mir das Abendbrot vor die Tür gestellt, mein Vater sein Transistorradio. Ich aß nichts, schwor mir außerdem, das Radio nie, nie einzuschalten. Gegen elf Uhr nachts war es so weit. Das Erste, was ich hörte, war ein Klavier. Dann eine Trompete, und nach einer Minute fing einer an zu singen, wie ich noch nie einen singen gehört hatte. Ganz anders als Simon and Garfunkel und die Kinks, die Stones und die Small Faces. Seine Stimme klang zerbrechlich, der Sänger schien sich nicht in den Vordergrund drängen, das Lied und die Begleitmusiker nicht beherrschen zu wollen wie Mick Jagger. Den Text verstand ich ganz gut, Englisch war mein Ausgleichsfach für Mathe. Er handelte von Liebe, und obwohl die Worte Trennung, Betrug und Schmerz nicht vorkamen, hörte sich der Sänger so traurig an, als sei seine Familie auch zum Teufel gegangen. Ich wünschte, das Lied würde nie aufhören. Aber dann mischte sich ein Rundfunksprecher ein, er sagte den Namen des Sängers und Trompeters, Chet Baker, und dass die Musik Jazz sei. Unser Musiklehrer hatte uns beigebracht, von Jazz kriege man Kopf- und Ohrenschmerzen, doch ich war jetzt auf dem Weg der Besserung.

Meine Mutter weinte meinem Vater nicht nach. Sie verbrannte seine Fotos, zerriss und zertrümmerte seine Geburtstags- und Weihnachtsgeschenke und kaufte sich einen neuen Lippenstift. Ihre Röcke wurden kürzer. Sie tuschelte mit ihrer besten Freundin, und abends ging sie manchmal in Begleitung einer Parfümwolke aus.

An einem Sonntag im Frühsommer 1966, in England war gerade die Wembleytor-WM, beschäftigte sie sich den ganzen Vormittag mit einem Sauerbraten und dem Toupieren ihrer Haare. Punkt zwölf läutete es. Meine Mutter stellte mir ohne Umschweife meinen neuen Vater vor. Der hatte Blumen und Pralinen für sie und einen Spielzeugpanzer für mich dabei und komischerweise denselben Vornamen wie mein erster Vater; was das betraf, mussten wir uns also nicht umstellen.

Aber sonst war Karl-Heinz II. ganz anders: Seinen Fingern fehlte nichts und von einer Glatze keine Spur. Er trank Bier und Schnaps in Mengen, als sei er gegen Nierenversagen, Leberzirrhose und Schwachsinn geimpft. Sprach jemand das Wort *Grippe* aus, musste er nicht gleich niesen, husten oder das Bett hüten. Er war kein Büromensch. Mit einer Stimme, die nicht leise sein konnte, erzählte er von seiner Arbeit auf einem arabischen Ölfeld. Für alles war er da zu gebrauchen gewesen, Maurer, Elektriker, Schweißer, Schlosser, Zimmermann. Schließlich hatten ihn die »Kameltreiber«, wie er die Araber gern nannte, sogar zum Leibwächter des Scheichs befördert.

Ich sollte *auch* alle Handgriffe beherrschen, um später gutes Geld in der Ölbranche verdienen zu können, deshalb holte er meinen Werkzeugkasten aus dem Versteck. Der neue Vater lachte schallend und nannte mich einen Rohrkrepierer, eine kleine Lusche, als ich mich auf einer Wasserwaage wiegen wollte. Und als er mein Geschrei hörte und die Tränen sah, weil die Kneifzange mich gekniffen hatte, nannte er mich zum ersten Mal Memme. Ich hörte aber nicht auf zu heulen, und da machte mir mein zweiter Vater mit seinen großen Handwerkerhänden blaue Flecken an den Oberarmen, bevor er mich hochhob und wild schüttelte. Damit ich mir meinen neuen Vornamen gut merkte, wiederholte Karl-Heinz II. ihn dreimal. Memme, Memme, Memme.

3

An einem Dienstag Anfang September, elf Monate nach Mayas Tod, zogen wir Michelle in unser Unglück hinein.

Der Himmel war fast wolkenlos. Ein Vogelschwarm flog vor uns davon. Auf einer Bank saß eine alte Frau mit bandagierten Beinen, die ihrem Hund aus der Zeitung vorlas. Friedhofsgärtner beendeten ihre Mittagspause. Ich las die Grabinschriften, das nahm mir die schweren Gedanken. Eheleute Adolf & Hedwig Sauermilch. Fünfzig Schritte weiter ruhte Elli Busen. Und am Ende von Reihe 9 mein Favorit: Franz Mörder. Trotz seines Nachnamens, der ihm das Leben bestimmt nicht leicht gemacht hatte, war der Mann 83 Jahre alt geworden.

Mayas Grabstein aus Buntsandstein war wie ein Schmetterling geformt. Mohn- und Kornblumen, Mayas Lieblingspflanzen, säumten das Grab. Das kleine Briefmarkenalbum lag aufgeschlagen in einem Glaskasten, zusammen mit der CD *Sweet About Me* und einem Foto des Schauspielers Johnny Depp. Daneben eine Handvoll Muschelschalen, drei getrocknete Seesterne und ein paar Haifischzähne, Geschenke von Frau de Lijser, die den Unfallwagen gefahren hatte. Die langstieligen gelben Rosen waren von den Rehbergs. Einmal im Monat kamen sie und brachten Blumen.

Die Rehbergs hatten ausgesagt, Frau de Lijser sei nicht schneller als dreißig gefahren. Die Länge der Bremsspur hatte ihnen recht gegeben. Maya, so die beiden weiter, habe weinend am Straßenrand gestanden und dann im für sie und die Fahrerin ungünstigsten Moment die Straße überquert. Es sei für Frau de Lijser unmöglich gewesen auszuweichen oder früher zu bremsen. »Mit meinen vierzig Jahren Fahrerfahrung weiß ich, wovon ich spreche«, hatte Herr Rehberg gesagt.

Betty bewegte stumm die Lippen. Früher hatte sie nie gebetet. Jetzt meinte ich, sie öfter dabei zu beobachten. Maya war nicht getauft, Fegefeuer und Hölle waren Fremdwörter für sie gewesen. Ein wenig beneidete ich Betty jetzt. Ungefähr seit der Zeit, als der Schwindel mit Weihnachtsmann und Osterhase aufgeflogen war, glaubte ich auch nicht mehr an Gott. Deshalb fiel mir auch keiner ein, dem ich dafür danken konnte, mir Mayas Beerdigung erspart zu haben.

Ein paar Stunden bevor der Bestatter kommen und seine Kataloge mit Sargmodellen und -zubehör aufschlagen wollte, hatte ich angefangen, unseren Garten für Schmetterlinge unbewohnbar zu machen. Ich rodete den Brennnesselwald, fällte die beiden Schmetterlingsbäume, suchte nach Raupen, um zu verhindern, dass sie den nächsten Sommer erlebten. Ich arbeitete ohne Pause. Meine Augen tränten. Drinnen hörte Betty, die Hard Rock sonst nicht leiden konnte, in voller Lautstärke eine alte Deep-Purple-Platte. Ich trampelte über Ameisen und Regenwürmer. Nach einem Wolkenbruch roch es nach betrunkener Oktobererde, verblühtem Basilikum und Lavendel. Wegen Maya waren wir seinerzeit aufs Land gezogen. Sie sollte mit eigenen Augen sehen, dass Kühe vier Beine haben und Frösche nicht nur im Märchen vorkommen.

Unsere Katze legte mir eine aufgeschlitzte, hell blutende Maus, deren Herz noch schlug, vor die Füße. Die Katze sah mich an, als erwartete sie das Bundesverdienstkreuz und zehn Dosen ihres Lieblingsfutters dafür. Wie ich das hasste, jetzt mit dem Spaten zustechen, die Maus erlösen zu müssen, weil ihre Mörderin den letzten Biss verweigerte. Dabei hatte ich noch Glück. Die halb toten Vögel, die ich manchmal geschenkt bekam, wehrten sich mit größerer Zähigkeit gegen den Tod als die Mäuse, da musste ich mehr als einmal draufhauen oder zustechen. Ich schrie die Katze an. Mit beleidigten Blicken und provozierend langsam machte sie sich aus dem Staub. Ich hielt die Natur, diesen zuckenden Spuk aus Schleim und Dreck und Blut nicht mehr aus.

Ein plötzlicher Schmerz nahm mir den Atem, zwang mich in die Knie. In meiner rechten unteren Bauchhälfte war eine Sprengladung explodiert. Seit Tagen hatte ich dort einen leichten Druck gespürt. Ich kroch ins Haus, schaffte es irgendwie, meine verdreckten Klamotten auszuziehen und zwei Handvoll Wasser in mein Gesicht zu werfen. Betty tanzte kreischend zur Musik, *Speed King,* es war eine Art Kriegstanz, abgehackte, erbarmungslose Bewegungen. Sie bemerkte mich nicht. Weil ich nicht den Mut hatte, sie zu stören, rief ich ein Taxi. Der Fahrer, Typ ewiger Student, diagnostizierte bei mir einen perforierten Blinddarm und zählte mit Begeisterung prominente Todesopfer auf. Immerhin fuhr er keine Umwege und nicht langsamer als erlaubt.

Wahrscheinlich zu der Uhrzeit, zu der Betty den Bestatter ins Haus ließ, wurde ich in den OP geschoben. Nebenher betete eine asiatische Anästhesistin die Litanei der Risiken herunter und ließ mich einen Wisch auf einem Klemmbrett unterschreiben. Ich war überrascht, dass es im OP ein Radio gab, das einen Oldie von Randy Newman spielte, *Short People.* Dann kam das Dreisekundenglück der Betäubungsdroge.

Während Betty drei Tage später Frau de Lijser und die beiden Rehbergs am offenen Grab trösten und vor dem Nervenzusammenbruch bewahren musste, fütterten sie mich mit Blutkonserven und anderem Zeug, das durch viele Schläuche in mich hineintropfte. Manchmal sprach mich jemand an, ich gab Antworten, von denen ich einen Moment später nichts mehr wusste. Schmerzen verteilten sich gleichmäßig über meinen ganzen Körper, aber es tat kaum weh. Ich war benebelt, abgeschaltet, *2000 Light Years From Home.* Ich wollte, dass es immer so bliebe.

Der Friedhof duftete wie ein Treibhaus. Überall Vogelstimmen, als würde für einen Ornithologenkongress geprobt. Betty sah auf ihre Uhr.

»Komm«, sagte sie, »ich muss dir unbedingt was zeigen!«

Ich hatte schon fast vergessen, wie es war, wenn sie lächelte und mich an die Hand nahm.

Betty setzte ihre Sonnenbrille auf, sah sexy aus und fuhr los. Sie erzählte von einer Kollegin aus der Agentur, die zu ihrem Freund nach Frankreich ziehen und deshalb ihre Eigentumswohnung verkaufen wolle. »Absolut preisgünstig!« Betty sprach schnell, überschwänglich. Die Wohnung sei mitten in der Stadt, aber ruhig gelegen.

»Parterre, du brauchst keine Treppen zu steigen, nicht unwichtig in deinem Alter«, sagte Betty.

»Haha«.

»Hundertdreißig Quadratmeter«, fuhr Betty fort, »mit großem Balkon, das Bad ein Traum. Ich hab Fotos davon gesehen! Und als Zugabe«, rief sie, als müsste ich noch überredet werden, »im Wohnzimmer eine Musikbox! Mit seltenen Platten drin! Die geht nicht mit nach Frankreich, die bleibt da!«

Betty stieß zum ersten Mal seit langer Zeit meine Hand nicht weg, als ich vorsichtig ihre sommerbraunen Beine streichelte.

»Wenn wir erst mal umgezogen sind«, sagte sie leise, wie zu sich selbst, »wird alles besser, bestimmt.«

Sie parkte in der Nähe einer Bushaltestelle. Ein angerostetes Schild wies auf ein Kinderheim hin, sonst gab es zu beiden Seiten der Straße nichts zu sehen als Wald. An jedem Arbeitstag fuhr Betty hier vorbei.

»Das ist aber nicht mitten in der Stadt«, sagte ich und hörte auf, Betty zu streicheln. »Wolltest du mir nicht diese Wohnung zeigen?«

Betty zündete sich eine Zigarette an.

»Abwarten!«, sagte sie aufgeregt.

Ich kratzte mich am Hinterkopf und am linken Unterarm, schaltete das Radio ein und wieder aus.

»Der Bus hat immer etwas Verspätung«, sagte Betty und inhalierte tief.

Ein paar Sekunden lang dachte ich an eine Falle. Ich

erinnerte mich an einen Film, in dem eine Frau ihren Mann in den Wald lockt, unter dem Vorwand, es da mit ihm treiben zu wollen. Aber im Gebüsch wartet schon der Geliebte der Frau mit einer Holzfälleraxt.

Eine Fliege flog durchs offene Seitenfenster herein, ich schlug nach ihr, traf aber bloß mein Knie. Ein Bus kam.

»Jetzt pass auf!«, sagte Betty heiser.

Zehn, zwölf Kinder und Jugendliche stiegen aus. Die jüngeren trugen ihre Schultasche auf dem Rücken, die älteren hielten sie lässig unter dem Arm.

»Da, siehst du!«, rief Betty triumphierend und ohne ihre Tränen wegzuwischen. Das Mädchen, auf das sie zeigte, war anscheinend so alt, wie Maya jetzt sein würde. Es hatte Mayas lange kastanienbraune Haare, ihre zierliche Nase, fast ihre Augen, beinahe ihren Mund, soweit ich das aus der Entfernung beurteilen konnte. Und sie bewegte sich ganz wie Maya.

Ein Herzinfarkt wäre angemessen gewesen, aber ich kriegte bloß einen ordinären Schluckauf. Meine Augen brannten. Gleichzeitig dachte ich an eine Reise ans Meer, an Henk und seine furchtbar schöne Hippiemusik, an eine Tochter beim Muschelsuchen und Flirten mit den Strandboys. Maya war wiederauferstanden. Ich hatte sie doch nicht umgebracht.

Da taumelte das Mädchen und fiel hin. Eine Kurzhaarige, die schadenfroh lachte, hatte der neuen Maya ein

Bein gestellt. Betty sprang aus dem Wagen, ich folgte ihr, geschüttelt von meinem Schluckauf. Beim Aufreißen der Tür hatte ich nicht auf einen Radfahrer geachtet und diesen fast zu Fall gebracht. Der Radfahrer spuckte auf die Windschutzscheibe unseres Wagens und trat gegen das rot lackierte Blech. Ich schluckte heftig auf, da musste der Idiot lachen.

Betty hatte inzwischen der neuen Maya beim Aufstehen geholfen. Betty strich ihr übers Haar und über die Wangen, Maya sträubte sich leicht. Ich hob ihre Schultasche auf und reichte sie meinem Mädchen. Die mit den kurzen Haaren beobachtete uns spöttisch. Ihre Nase und die Lippen waren gepierct. Sie kaute demonstrativ Kaugummi und ahmte meinen Schluckauf nach.

Frau Breuers Freundlichkeit hielt sich in Grenzen. Sie gab uns das Gefühl zu stören, sie vom Aktenstudium abzuhalten, doch dann betätigte sie, vielleicht zu ihrer eigenen Überraschung, eine gelbe Espressomaschine.

»Lange dunkelbraune Haare? Ihre Beschreibung könnte auf Michelle passen«, sagte sie.

Sozialpädagoginnen hatte ich mir immer mit Nickelbrille, violettem Schal und Neigung zu Damenbart vorgestellt. Frau Breuer trug einen Minirock. Er stand ihr verteufelt gut.

»Aber, verzeihen Sie«, sagte sie jetzt mit erhobener

Stimme, »wir sind kein Tierheim, wo man sich sein Hündchen oder Kätzchen aussucht, das man dann mit nach Hause nimmt.«

Die Espressomaschine fauchte. An den Wänden Dienstpläne, ein Plakat von einer Henri-Matisse-Ausstellung, ein schwarz-gelber Fußballwimpel und ein Mannschaftsfoto von Alemannia Aachen.

»Und überhaupt – wie kommen Sie ausgerechnet auf dieses Mädchen? Sie spionieren unseren Kindern doch nicht nach?« Frau Breuer trommelte mit den Fingern auf einen blassroten Aktenordner.

Betty schniefte ihre Wut hoch. »Wir haben zufällig gesehen, wie das Mädchen, Michelle, von einer anderen Heimbewohnerin misshandelt wurde und haben geholfen. Wenn Sie das nachspionieren nennen, bitte! Aber dann frage ich mich: Wo waren Sie? Haben Sie keine Aufsichtspflicht?«

Frau Breuer errötete. »Misshandelt! Machen Sie aus einem kleinen Gerangel doch bitte nicht gleich eine kriminelle Aktion!«

Die Heimleiterin stand auf und warf ihre Lockenmähne zurück. Sie stellte Espressotassen und eine Zuckerdose auf ein Tablett, klimperte mit silbernen Löffelchen.

»Ein Adoptionsverfahren kann endlos dauern, das wissen Sie?«, sagte sie in ruhigerem Ton. »Und Ihr reifes Alter ist da nicht gerade förderlich.«

Frau Breuer sah nur mich an. Ich schaute zu Betty, die ein Lächeln unterdrückte.

»Wenden Sie sich ans Jugendamt. Das wird Sie und Ihre Lebensverhältnisse unter die Lupe nehmen, Sie durchleuchten. Angenehm ist das bestimmt nicht, das kann ich Ihnen versprechen. Aber nicht, dass ich die Sache befürworten werde.«

Draußen auf dem Flur war ein großes Scheppern, Poltern und Geschrei, ein Porzellanladen einschließlich Elefant schienen in die Luft geflogen und unsanft wieder gelandet zu sein. Die Heimleiterin stürmte aus dem Büro und übernahm das Kommando. Mein Handy klimperte die Anfangstakte von *Take Five*.

»Hast du Montag in zwei Wochen schon was vor?«, fragte Gerster. »Ich hätte da was für dich in Köln.«

4

Auf der Autobahn hörte ich die Mittagsnachrichten. Ein ehemaliger RAF-Terrorist, der bereits eine Haftstrafe von achtzehn Jahren verbüßt hatte, musste auf Anordnung des Bundesgerichtshofs in Karlsruhe sofort aus der U-Haft entlassen werden. Er war vier Monate zuvor wegen des Verdachts verhaftet worden, im April 1977 am Mordanschlag an Generalbundesanwalt Buback beteiligt gewesen zu sein.

Auf einmal war ich wieder zweiundzwanzig, die Rote Armee Fraktion beherrschte die Köpfe und Titelseiten, und ich jobbte für den Sprengstoffhändler Oswald Brass. In der Gegend gab es acht Steinbrüche, die wir regelmäßig belieferten. An einem Montag im August fuhren wir mit dem Jeep zum Lager. Der holprige, unbefestigte Weg, vorbei an Wiesen und einem Kiefernwald, führte zu einem Bunker aus Stahl und Beton. Brass, der sich so gut wie nie von seinem Jägerhut trennte, gab trotz der vielen Schlaglöcher Gas, er rauchte hastig, schwieg angespannt. Ich klammerte mich mit einer Hand am Türgriff fest, langhaarig, verkatert nach einem schlaflosen Wochenende. Neunundzwanzig Grad meldete das Radio für den frühen Nachmittag, dann zwei Disco-Tanten aus Spanien, die *Yes Sir, I Can Boogie* sangen.

Auf dem Rücksitz lagen zwei Funksprechgeräte und, nur nachlässig unter einer schmutzigen braunen Decke versteckt, ein Jagdgewehr. In der Freizeit war Brass hinter Hasen, Fasanen und Wildschweinen her, trotz seiner Gehbehinderung. Kinderlähmung mit elf, hatte er mir mal erzählt, und wie er sie im Großen und Ganzen besiegte: Wo ein Wille, da ein Weg.

Das Sprengstofflager war von einer hohen Bruchsteinmauer umgeben, in die von unten bis oben spitze Glasscherben einbetoniert waren, die in der Sonne glänzten. Der Lkw mit Anhänger und neuem Dynamit war schon da.

Brass stellte den Jeep hundert Meter vor dem Lager ab. Wir stiegen aus. Nachdem er mit dem Fernglas intensiv das Gelände abgesucht hatte, zog Brass sein Gewehr aus dem Jeep und drückte mir die Waffe in die Hand. Da stand ich und fühlte mich, als müsste ich auf die giftigste Schlange der Welt aufpassen. Brass lud inzwischen eine Pistole. Jede Patrone, die er in das Magazin schob, zählte er leise mit. »Sechs – sieben – acht.« Er schraubte den Schalldämpfer ab und steckte ihn vertraulich in die Gesäßtasche meiner Arbeitshose.

»Das Ding soll im Ernstfall Krach machen, das schreckt die Bande vielleicht ab«, sagte Brass und zeigte mir, wie man die Pistole entsichert, bevor er sie mir im Tausch gegen sein Gewehr überließ.

»Ich bin Kriegsdienstverweigerer!«, protestierte ich und wollte ihm die Waffe zurückgeben.

»Papperlapapp«, antwortete Brass und verweigerte die Annahme. Er gab mir ein Walkie-Talkie und den Auftrag, das Gebiet um den Dynamitbunker herum weiträumig zu durchkämmen.

Zwei Wölkchen am Himmel, ein Bussard schwebte, ein Kuckuck rief stupide seinen Namen. Es roch nach Gras und Kiefernharz. Das Gewitter einer Sprengung in einem nahen Steinbruch. Die Sonne blendete mich. Ich kam mir blöd vor. Vor der RAF hatte ich keine Angst, Spukgestalten aus der Springer-Presse waren das für mich. Ich machte mir Sorgen, dass jemand, der mich kannte, zufällig durch die Landschaft wanderte und mich mit einer Kanone und einem Walkie-Talkie sah.

»Irgendwelche besonderen Vorkommnisse? Ende.« Brass' Stimme, blechern und von starkem Rauschen fast übertönt.

»Keine besonderen Vorkommnisse«, antwortete ich. »Ende.«

Der Lkw-Fahrer saß unter einem Baum im Schatten.

Er trank gierig aus einer roten Thermoskanne. Dann zündete er sich eine Zigarette an und spannte die Bild-Zeitung vor sich auf. Er hatte Haarausfall und keinen Blick für mich, als ich an ihm vorbeischlich, die Pistole in der Rechten.

Insekten feierten sich, in der Ferne das monotone Poltern eines Güterzugs. Die Sonne kletterte höher. Ich begegnete Brass, der ebenfalls auf Kontrollgang war, das Gewehr schussbereit.

»Gut gemacht«, raunte er mir zu. »Weiter so!«

Ich wusste nicht, was er meinte, dennoch überlief mich ein warmes Gefühl. Ich schien von Bedeutung zu sein, aufgestiegen vom zotteligen, jederzeit austauschbaren Hilfsarbeiter zur unentbehrlichen Respektsperson.

Die Waffe lag glatt und warm in meiner Hand, sie wartete auf meinen Befehl. Ich wusste jetzt, wie sich ein Türsteher, ein Bodyguard, ein Killer fühlte. Stolz, unbesiegbar, allmächtig, nah an der Unsterblichkeit. Ich legte probehalber auf den Bussard an, war kurz vor einem Warnschuss auf den nervenden Kuckuck. Aber dann drückte ich den Sicherungshebel wieder nach oben und schlug nur eine Mücke tot. Ich kratzte mich, machte weiter meine Arbeit. Ich hätte plötzlich viel dafür gegeben, wenn mich jetzt alle meine Freunde und Feinde gesehen hätten.

Brass rief meinen Namen. Er hatte sein Gewehr umgehängt, weil er beide Hände brauchte, um das Stahltor, das in die Mauer eingelassen war, öffnen zu können. Während er Codezahlen eintippte, gab ich ihm mit zusammengekniffenen Augen im harten Gesicht Feuerschutz. Auch als er die doppelte Bunkertür mit vielen Schlüsseln aufmachte, sicherte ich das Vorfeld.

Bevor ich mit dem Abladen des Sprengstoffs begann, musste ich meine Pistole und das Walkie-Talkie an den Lkw-Fahrer weiterreichen. Der hatte eine Schnapsfahne, sein graues Unterhemd war fleckig und verschwitzt. Kaum hatte er die Waffe in der Hand, träumte er laut von einer Belohnung in fünfstelliger Höhe, von Kopfgeld, das auf jedes Mitglied der Baader-Meinhof-Bande ausgesetzt war.

Rauchen und Umgang mit offenem Licht polizeilich strengstens verboten! Im Bunker war es angenehm kühl. Das Dynamit war in einzeln nummerierten, jeweils fünfundzwanzig Kilo schweren Kisten auf Holzpaletten gestapelt. Ich zog das Zeug mit einem Hubwagen von der Hebebühne des Lkws ins Lager. *Dynamit Nobel* stand auf jedem Kistendeckel, darunter in Schwarz und Orange das Symbol für Explosionsgefahr.

Brass schrieb die Nummern der Kisten in ein großes Buch mit dunkelblauem Einband. Außerdem brachte er Zünder in einem separaten, begehbaren Tresorraum unter. Eine kalte Zigarette im Mundwinkel, summte er die ganze Zeit *Yes Sir, I Can Boogie.*

Als der Schuss fiel, trank ich gerade aus einer Mineralwasserflasche. Der Flaschenhals schlug gegen meine Vorderzähne, und Brass sagte, zunächst sehr gefasst, dass der Fahrer eine Frau und vier Kinder hinterlasse. Wenig später schlug er seinen Kopf zweimal gegen die stahlharte Tresortür und schrie: »Nein, nein, nein!« Der Schwächeanfall verschwand so schnell, wie er gekommen war. Stille herrschte jetzt im Bunker wie in der Kirche, wenn Rotwein angeblich in Blut verwandelt wird. Brass zupfte an seiner Unterlippe, spitzte den Mund. Flüsternd befahl er mir, mich bis auf die Unterhose auszuziehen, auch Schuhe und Strümpfe.

»Damit die sehen, dass du unbewaffnet bist.«

»Nee, mach ich nicht«, flüsterte ich zurück. »Bin doch nicht bekloppt!«

Brass fuchtelte eine Wespe weg, die sich in den Bunker verirrt hatte. »Ich zahl dir einen Monatslohn dafür, okay? Du gehst mit erhobenen Händen raus. Dir tun sie nichts. Siehst ja aus wie einer von denen, mit deinen Haaren und so. Du sagst denen, dass wir uns ergeben. Widerstandslos. Verstanden?!«

Das Schlimmste für mich war, dass ich diese ausgebollerte, verwaschene Arbeitsunterhose anhatte. Das Hässlichste an ihr war nicht die graue Farbe, sondern der große, völlig überflüssige Eingriff. Dem Lkw-Fahrer war mein Aussehen egal. Er schwenkte die Pistole hin und her, und er konnte nicht mehr gerade stehen.

»Irgendwas stimmt mit der verdammten Knarre nicht«, lallte der besoffene Kerl. »Die ballert einfach drauflos!«

Den Beweis für seine Aussage lieferte er auf der Stelle. Die Kugel und mich trennten wahrscheinlich nur wenige Zentimeter. Dafür schrie Brass, der sich aus der Deckung gewagt hatte, getroffen auf.

»Er blutet«, schrie ich. »Du Arschloch hast ihn getroffen!«

Der Fahrer warf torkelnd die Pistole weg. Beim zweiten Versuch schaffte er es, sich in sein Führerhaus hochzuhangeln. Keine Minute später waren er und sein schlingernder Zwanzigtonner verschwunden. Der Anhänger blieb zurück.

Brass lebte noch. Als Zivi in einem Krankenhaus hatte ich gelernt, den Puls zu fühlen. Aber der Sprengstoffhändler war ohnmächtig und verlor Blut. Sein rechtes Ohr war fast nicht mehr da. Ich zitterte. Die Sonne brannte. Das Handy war noch nicht erfunden. Bis zum nächsten Telefon waren es mindestens drei Kilometer. Ich stieg ins Unterhemd, zog mir die Hose über den Kopf, so durcheinander war ich. Dann schaffte ich es aber, mein T-Shirt zu einem kleinen Kissen zusammenzurollen und es unter Brass' Kopf zu schieben. Bevor ich loslief und viele Tonnen Sprengstoff schutzlos zur freien Verfügung für die Terroristen hinterließ, nahm ich, wieder einigermaßen klar im Kopf, die Pistole an mich. Schließlich waren auf dem Ding auch meine Fingerabdrücke. Und ich wollte nicht in Verdacht geraten, falls Brass nicht mehr wach werden und der Lkw-Fahrer alles abstreiten sollte.

Im Kölner Café Central hielten sich an diesem mürrischen Montag mit ziemlicher Sicherheit keine Waffenschieber und Staatsfeinde auf. Ich stand am chromglänzenden Tresen und wartete auf Hugh Cornwell, den früheren Sänger und Gitarristen der Stranglers. Fünfzehn-Uhr-Flaute, es roch nach frischem Erdbeerkuchen und dem Parfüm von Paloma Picasso. Ich fummelte an meinem neuen Aufnahmegerät herum. Es war nicht größer als eine Zigarettenschachtel und auf meine Stimme dressiert. Ich brauchte bloß *eins* zu sagen, schon blinkte es frühlingsgrün, die Aufnahme konnte beginnen. Sagte ich *zwei*, verwandelte sich Grün in Stopprot. So viel zur Theorie.

»Eins!«, sagte ich wie ein Hundehalter, der »Sitz!« oder »Fass!« sagt. Das Gerät, das jetzt eigentlich gedämpftes Besteckrascheln und das diskrete Gemurmel der wenigen Cafégäste hätte aufnehmen müssen, verweigerte grünes Licht. Ich bestellte meinen dritten Espresso.

Eine Blonde mit Pferdeschwanz nippte an einem lachsfarbenen Getränk. Sie unterhielt sich in affektiertem Englisch mit einem Anzugträger, der seinen Aktenkoffer wie ein geliebtes Haustier auf dem Schoß hielt.

»Eins!«, sagte ich, »einseinseins!«

Die rothaarige Thekenbedienung schaute mich ausdruckslos an, bevor sie eine neue CD in den Player schob. Diana Krall löste George Benson ab. Sauberer, gediegener Jazz für Leute, die Jazz nicht ausstehen können.

Morgens hatte mir Cornwells Agentin per SMS Termin und Treffpunkt für das Interview bestätigt. HUGH FREUT SICH WAHNSINNIG!

Musiker verspäteten sich immer, das gehörte zur Berufsehre, aber mehr als eine Stunde wollte ich nicht auf einen warten, der schon lange nicht mehr zog, der reif für Kirmeszelte und New-Wave-Oldie-Shows war.

»Schreib was Schönes über den alten Mann, ja?«, hatte Gerster gesagt, ergriffen von seiner eigenen Gutmütigkeit. »Außer uns tut's ja keiner mehr. Gott, wie hab ich damals *No More Heroes* geliebt! Meine erste Platte, mit dreizehn geklaut in Aachen! Wir waren da auf Klassenfahrt. Dombesichtigung, Rathausbesichtigung,

Printenfabrikbesichtigung. Eine Schallplattenladenbesichtigung stand nicht auf dem Programm, aber ich war ein kleiner Punk.« Gerster lachte wehmütig. »Bin zwischendurch einfach mal abgehauen. Das Musikgeschäft, das ich ausraubte, hieß Heiliger & Kleutgens. Den Namen werde ich nie vergessen.«

Ich rief die Agentin an.

»Zwei Minuten noch, Hugh sitzt im Taxi«, sagte sie wie zu einem ungeduldigen Kind.

Draußen machte Regen Jagd auf Leute, die den Oktober mit dem August verwechselt hatten. Ich suchte die Taschen meiner schwarzen Lederjacke nach dem Zettel ab, auf den ich ein paar Jahreszahlen und Songtitel der Stranglers notiert hatte. Mein Gedächtnis ließ nach, das Verblöden hatte begonnen. Mit achtzehn konnte ich die amerikanischen Hot 100 runterbeten, Fehlerquote unter zwei Prozent.

Die Lust auf einen eisgekühlten Wodka mit viel Grapefruitsaft zerrte an mir, aber ich wollte mir keine Schwäche erlauben. In seiner Glanzzeit hatte Cornwell Pressefritzen, deren Fragen ihm nicht gefielen, Rippen und Unterkiefer gebrochen. Auf aktuellen Fotos wirkte er immer noch durchtrainiert. Die Haare zwar auf dem Rückmarsch, aber unverändert das fiese Jack-Nicholson-Grinsen. Mein Handy klingelte.

»Hugh?«, sagte ich.

»Betty«, sagte Betty. »Was meinst du? Ob Maya nächstes Wochenende wieder zu uns kommen will?«

»Maya?«, fragte ich erschrocken.

»Michelle, meinte ich«, sagte Betty und räusperte sich.

Dass alles so schnell gehen würde, damit hatten wir im Traum nicht gerechnet. Wir waren völlig unvorbereitet gewesen, als der Leiter des Jugendamts vor einer Woche angerufen und grünes Licht gegeben hatte, zunächst wöchentlich von freitags 15 Uhr bis sonntags 18 Uhr. Zwei Minuten später Frau Breuer, wie verwandelt. Sie gratulierte uns, vergaß auch nicht, ihre Rolle bei der positiven Bewertung zu erwähnen. Zweimal sagte sie, wie sehr Michelle sich auf uns freue.

Betty wollte eigentlich übers Wochenende mit einer Kollegin zu einem Fortbildungsseminar nach Hamburg fliegen. Die Tickets waren längst gebucht. Seit einem halben Jahr hatte sich Betty auf den Termin und das Spitzenklassehotel gefreut.

Beim ersten Mittagessen mit Michelle gab es, anders als früher, keinen Streit wegen der Lammkoteletts. Wir hatten vorsichtshalber auch eine Vegi-Variante in petto gehabt. Anschließend standen wir im Kinderzimmer herum. Michelle interessierte sich kurz für die Johnny-Depp-Fotos, bevor sie sagte: »Mir ist langweilig. Im Übrigen riecht es hier komisch. Gehn wir shoppen?«

Frau Breuer hatte von größeren Einkaufs- und Geschenkaktionen gleich zu Anfang abgeraten.

»Wir könnten was spielen«, sagte Betty.

»Rummikub!«, rief ich. »Oder Kniffel!«

»Bin doch kein Baby«, antwortete Michelle. Sie sprach durch die Nase, obwohl sie nicht erkältet war. Ihre abgebissenen Fingernägel waren schwarz lackiert.

Wir mussten das Spielthema nicht ausdiskutieren, weil Michelle plötzlich kleine Pusteln im Gesicht hatte und schwer zu atmen begann.

»Mein Gott, sie erstickt!«, schrie Betty panisch.

Ich zog Michelle nach draußen an die frische Luft. Wir hatten vergessen, die Meerschweinchen und Zwergkaninchen aus Mayas Zimmer zu schaffen. Frau Breuer hatte uns doch mehrmals auf Michelles Allergie gegen Tierhaare hingewiesen! Ein Glück, dass wenigstens die Katze seit Wochen verschwunden war.

Nachmittags schaute Michelle sich einen Film auf ProSieben an, in dem sich ein blonder Schönheitschirurg aus bestem Hause in eine Blumenverkäuferin aus bescheidenen Verhältnissen verliebt. Michelle hatte dabei Kopfhörer auf und blätterte in *Mädchen,* die ich zusammen mit der *BRAVO* noch schnell am Kiosk besorgt hatte.

Betty und ich setzten uns auf die Terrasse und atmeten durch. Wir hörten, wie Glas zersplitterte und dachten zunächst, die Nachbarn hätten einen Ehekrach. Aber Michelle war dabei, unseren Weinvorrat in Scherben und Pfützen zu verwandeln. Da fiel uns ein, dass Frau Breuer etwas von Alkoholismus in Michelles früherer Familie erwähnt hatte.

»Lass sie«, hatte Betty gesagt und ihre Hand beruhigend auf meinen Unterarm gelegt, »besser, sie zeigt diese Art der Aggression, als dass sie säuft.«

»Meine kluge Betty«, hatte ich tapfer geantwortet und meinen Schmerz mit der letzten Flasche Primitivo del Salento geteilt, die auf dem Boden zerschellte.

Mayas Meerschweinchen und Kaninchen verschenkten wir am nächsten Tag an Kinder aus der Nachbarschaft. Nur Egon, ein blindes und ziemlich hässliches Exemplar, das Maya besonders geliebt hatte, wurden wir nicht los. Wir hätten Egon gern behalten, aber wegen Michelles Allergie war das unmöglich, deshalb musste ich ihn und ein Bestechungsgeld ins Tierheim bringen.

Ich wechselte von Espresso zu Bier. Gott war groß und gerecht. Er hatte die Diana-Krall-CD ab dem dritten Stück mit einem Defekt ausgestattet, der das Weiterhören unmöglich machte. Die Café-Central-Thekenbedienung sorgte für Ersatz. Der nach meiner Berechnung mittlerweile fünfundachtzigjährige Chuck Berry beklagte sich gleich im ersten Song, dass sein Daddy ihm den Caddie nicht leihen wolle. Chuck hatte nämlich vor, mit der pinken Kiste zum Schulball zu düsen und dort eine süße sechzehnjährige Klassenkameradin aufzureißen.

Ein neuer Gast schüttelte sich durchnässt und bestellte eine Kürbiscremesuppe. Die Blonde mit dem Pferdeschwanz redete mit den Händen wie eine Schauspielschülerin in spe bei der Aufnahmeprüfung. Ihr englischer Tischnachbar streichelte beruhigend seinen Aktenkoffer. Um keine Thrombose vom Rumsitzen zu kriegen, suchte ich die Toilette auf und dort nach Hugh Cornwell. Vielleicht hatte er sich noch schnell einen Schuss gesetzt, um beim Interview in Hochform zu sein. Und dann war er ohnmächtig geworden, seine Pumpe machte den Job immerhin schon seit weit über sechzig Jahren. Aber er war weder auf dem Herren- noch auf dem Damenklo, und der Typ, der mit erstaunlicher Wut auf einen Kondomautomaten einschlug, hatte nur ansatzweise Ähnlichkeit mit dem Mann aus London.

Weil Cornwell bekannt für seine blöden Späße war, schaute ich im Café nochmals überall nach. Dann setzte ich mich wieder und bestellte endlich einen doppelten Wodka mit Eis und ein paar Tropfen Grapefruitsaft. Die rothaarige Bedienung zog die Mundwinkel auseinander.

»Eins«, sagte ich resigniert zu meinem neuen Aufnahmegerät, »einseinseins.«

Ich schüttelte es wie ein Barkeeper den Cocktail. Das blöde Ding fiel mir aus der Hand und schlug hart auf dem schwarz-weiß gefliesten Boden auf, gleichzeitig erwachte mein Handy aus dem Schlaf. Eine Redaktionsassistentin namens Saskia fragte, ob ich die Cornwell-Story in spätestens drei Stunden mailen könne.

»Ja«, hörte ich mich sagen. »No problem.«

Die Assistentin lachte unmotiviert und zwitscherte: »Tschüssi.«

Ich hob das Aufnahmegerät auf, jetzt blinkte es hellgrün. Bevor ich das Interview begann, bestellte ich noch einen Wodka mit Eis und Grapefruitsaft.

»Hugh«, fragte ich den freien Stuhl mir gegenüber nach dem dritten Schluck, »warum haben die Stranglers es eigentlich nie in den USA geschafft? Selbst *Golden Brown* ist bei den Amis nicht unter die ersten 100 gekommen.«

»Ganz einfach«, antwortete ich mit heiserem Timbre. »Amerikaner haben zu wenig Hirnmasse. Schweden und Australier übrigens auch. Franzosen sowieso.«

»Ist Ihre Einstellung zur Frauenbewegung ähnlich kritisch, Hugh?«

»Überhaupt nicht! Großartige Erfindung! Ich hab's wirklich gern, wenn sich eine Frau unter mir bewegt.«

Die Thekenbedienung fragte streng, ob ich zahlen wolle. Ich nickte. Zur Belohnung schenkte sie mir den Versuch eines Lächelns.

»Zwei!«, sagte ich, und das Aufnahmegerät gehorchte wie ein Polizeihund.

5

In dem Dreifamilienhaus aus den späten Sechzigerjahren gab es zwei Mietwohnungen. Und die Erdgeschosswohnung, die wir kaufen wollten. Die Besichtigung fand zwei Tage nach meinem Interview mit Hugh Cornwell, ohne die Eigentümerin statt. Bettys Kollegin musste ein vereiterter Weisheitszahn gezogen werden. Sie gab uns den Schlüssel, und alles passte: der Blick auf den Innenhof mit den alten Laubbäumen und dem kleinen Teich, kaum Verkehrslärm, obwohl das Stadtzentrum nur fünf Minuten entfernt war. Michelle würde ein Sonnenzimmer haben. Das Bad war groß und wie neu, die Badewanne schier riesig. In Topzustand auch die Musikbox aus den frühen Sechzigern, eine Wurlitzer mit sichtbarem Plattenspieler. Ich wählte *(Sittin' On) The Dock Of The Bay*, und als Otis Redding zu singen begann, sagte ich: »Die Bude ist gekauft.«

»Da kommt aber noch viel Arbeit auf uns zu«, antwortete Betty.

Ihr drohender Unterton gefiel mir gar nicht. Betty

zeigte auf Wände, die bunt wie eine Briefmarke aus Neukaledonien waren. Die Farbe der Teppichböden passte, postalisch gesehen, zum unabhängigen Atoll Tuvalu.

»Dana arbeitet in der Buchhaltung«, sagte Betty entschuldigend. »Sie ist keine Designerin.«

Mir gefiel der Farbenfrohsinn auch nicht. Aber ich dachte an die Renovierungsarbeiten, sah depressive Tage mit blutigen Heimwerkerkatastrophen auf mich zukommen. Deshalb verteidigte ich den Geschmack der Nicht-Designerin.

Es läutete. Eine falsche Rothaarige und ein Mann mit Militärklamotten standen vor der Tür. Sie hatten eine Kaffeekanne, Tassen und Schokoladenplätzchen dabei.

»Tom und Heike«, sagte die Frau. »Wir wohnen auf der ersten Etage. Ihr seid die Neuen, nicht? Wir haben euch zufällig vor dem Haus parken sehn.«

Heike hatte eine raue Stimme und schien zu oft ins Sonnenstudio zu gehen. Sie war dreißig Zentimeter kleiner und mindestens fünf Jahre älter als Tom, der eine Kappe mit der Aufschrift *Aber Hallo!* trug. Dass er, kaum im Wohnzimmer, verkündete, den hässlichen Teppichboden würde er an unserer Stelle sofort rausreißen, machte ihn mir nicht sympathischer.

»Nur zu, reißen Sie!«, rief Betty.

»Mach ich«, sagte Tom, »und für dreizehn Euro die

Stunde leg ich euch auch was hübsches Neues rein. Immer volle Pulle, Zigarettenpause gibt's bei mir nicht.« Und ob die Wände so bleiben sollten? Anstreichen könne er nämlich auch.

»Und wie!«, sagte Heike und goss Kaffee in die Tassen. »Tom kann alles.«

»Alles bis auf Fuß- und Altenpfleger«, sagte Tom. »Das sind Berufe, die find ich von vorne bis hinten ekelhaft. Aber sonst: Geht nicht, gibt's nicht.«

Betty strahlte und sprach von einem Glücksfall. Auch ich taute auf. Das Schokoladenplätzchen, das Heike mir anbot, war mit sehr süßer Marmelade gefüllt.

»Hm«, sagte ich. »Lecker.«

»Und wenn ihr eine Putze braucht«, sagte Heike, »hallo, hier bin ich! Hab schon vier Stellen, da könnt ihr nachfragen, wie sauber ich arbeite.«

»Wirklich sehr nett«, antwortete Betty. »Aber wenn wir die Wohnung hier kaufen, können wir uns keine Putzfrau mehr leisten.«

Die Musikbox spielte jetzt *Surrender.*

»Elvis Presley«, sagte Tom und verdrehte die Augen. »Der King. Von dem hab ich als Kind 'ne Überdosis abgekriegt. Mein Vater hatte hundert Elvis-Platten. Mindestens. 1958, mit vierzehn, ist er mit zwei Freunden nach Bremerhaven gefahren, um Elvis zu sehn. Der kam da mit dem Schiff an. Der King war zur amerikanischen Armee in Deutschland eingezogen worden. Aber mein Vater hat Elvis gar nicht gesehn. Der Ami war morgens um neun schon von Bord gegangen. Der Zug, in dem mein Vater und seine Freunde saßen, kam erst um zwölf an. Da war Elvis längst weg. Tausendmal hat mein Vater mir das erzählt, oft mit Tränen in den Augen.«

Tom lachte schadenfroh.

»Na ja, aus Frust haben die drei das Geld für die Rückfahrt versoffen und sind dann schwarzgefahren. Wurden natürlich erwischt. Die Schulschwänzerei flog auch auf. Da sind sie in eine Besserungsanstalt gekommen, da gab's zum Frühstück Prügel und zum Abendessen auch. Und das alles wegen so 'ner blöden amerikanischen Schwuchtel!«

Sein letzter Satz gefiel mir überhaupt nicht, aber ich kam nicht dazu, Tom zu widersprechen, denn während er redete, hatte er sich gleichzeitig die Wohnzimmertür vorgenommen. Die schrammte leicht über den Boden.

»Moment«, sagte er, »bin gleich zurück.«

In der Wohnung über uns bellten Hunde.

»Seid ihr wohl ruhig!«, rief Heike zur Zimmerdecke hoch. »Seid ihr wohl ruhig! Lümmel!« Und dann fragte sie: »Habt ihr auch Kinder?«

Betty und ich sahen uns kurz an.

»Eine Tochter«, sagte ich. »Michelle. Fünfzehn.«

»Schwieriges Alter«, sagte Heike. »Oder?«

Tom war wieder da. Mit einem einzigen professionellen Griff hängte er die Tür aus, nahm dann einen Hobel aus seinem großen Werkzeugkoffer. Zwei Minuten später schrammte die Tür nicht mehr. Tom war mein Mann.

»Entschuldigt bitte, wir müssen jetzt leider schnellstens los«, sagte Betty. »Wegen der Finanzierung der Wohnung. Vielen Dank für die tolle Begrüßung!«

»Wäre schön, wenn ihr hier einziehen würdet«, sagte Heike. »Ich glaub, wir sind irgendwie auf einer Wellenlänge.«

Auf der ersten Etage bellten die Hunde, als sähen sie das genauso.

Dass Betty für sechzehn Uhr einen Termin mit der Sparkasse vereinbart hatte, passte mir überhaupt nicht. Ich musste um acht in Bochum sein, da begann das Konzert von Franz Ferdinand. Die Band war dafür bekannt, pünktlich anzufangen.

Die Frau vom Infostand der Sparkasse beauftragte eine Auszubildende namens Doro, uns ins Büro des Geschäftsstellenleiters zu lotsen. Doros Bluse hatte einen tiefen Ausschnitt. Die Bankangestellten Mary McBoobs und Gary Oversize fielen mir ein. Wir gingen vorbei an moderner Malerei, auf die ein schwarz gekleideter

Muskelberg aufpasste, und einem Swimmingpool für große Zierfische.

Die Stühle in der Kreditabteilung waren unbequem. Auf dem skandinavischen Tisch standen ein Laptop und ein Foto im Goldrahmen. Eine Tochter, die im Reiterdress einen Siegerpokal entgegennahm. Doro reichte Kaffee. Auf dem Wandkalender war es immer noch September. Nicht gerade eine Empfehlung für ein schnelles Geldinstitut. Und komisch, obwohl alles, vom Regalschrank mit den vielen Aktenordnern bis zum Teppichboden, wie frisch geliefert und eben erst verlegt wirkte, roch es in dem Raum wie in alten Kinos.

»Toll, dass wir jetzt einen Handwerker im Haus haben, oder?«, sagte Betty.

»Klar. Aber dass er unbedingt wie ein Skinhead aussehen muss –«

»Arbeiter sehen halt so aus heutzutage. Müsstest du eigentlich wissen. Wählst doch immer die Linken.«

»Du doch auch!«

»Eben.«

Wenn man aus dem Fenster schaute, sah man Glascontainer auf einem Parkplatz. Der Geschäftsstellenleiter ließ uns warten, als seien wir Bittsteller.

»Sei mir nicht böse, aber ich finde den Termin etwas voreilig«, sagte ich. »Wollen wir die Sache nicht noch mal überschlafen?«

»Wir können sie ja auch gern verschlafen«, antwortete Betty. »Glaubst du wirklich, bei dem günstigen Kaufpreis wären wir die einzigen Interessenten?«

16 Uhr 13. Ich dachte an den Feierabendverkehr auf der Autobahn, die vielen Staus im Ruhrgebiet. Endlich ging die Tür auf. »Küpper«, sagte der Mann mit der roten Designerbrille, aber kein Wort der Entschuldigung für seine Verspätung. Nach dem Händeschütteln klappte er seinen Laptop auf, rückte die Fotografie zurecht.

»Meine Tochter Larissa«, sagte er. »Reitet für Deutschland in der Junioren-Springreiterequipe! Die nächste Olympiade kommt vielleicht noch zu früh für sie, aber 2016 müsste sie dabei sein. Olympische Spiele sind für einen Sportler bekanntlich das –«

»Tut mir leid, aber ich habe heute Abend beruflich noch was vor«, sagte ich.

Küppers stolzes Lächeln verschwand. »Was treiben Sie denn so?«, fragte er, und sein verschwundenes Lächeln feierte ein schnelles Comeback.

»Freiberufler.«

»Sagen Sie jetzt bitte nicht: freischwebender Künstler. Sonst können wir das hier sofort beenden.«

Dass Springreiten für mich Tierquälerei und im Übrigen noch viel langweiliger als Eistanzen und Synchronschwimmen sei, wollte ich antworten. Aber dann dachte ich an das Badezimmer und die große Wanne, an die Musikbox mit Otis Redding und The Clash und behielt die Nerven. Betty öffnete ihre Handtasche, legte Kontoauszüge auf den Tisch.

»Meine Gehaltsüberweisungen der letzten zwölf Monate«, sagte sie. »Bedienen Sie sich.«

Küpper zog die Zettel zu sich herüber, fasste sich an die Brille, nickte anerkennend.

»Das sieht doch ganz ordentlich aus.«

Ab jetzt richtete der Geschäftsstellenleiter seine Augen nur noch auf Betty. Ich war überflüssig, als Schmarotzer und Trittbrettfahrer enttarnt. Als Telefonläuten die zweiseitigen Verhandlungen unterbrach, sagte ich zu Betty: »Muss jetzt los. Du nimmst dir ein Taxi, ja?«

»Viel Spaß«, antwortete sie, als würde ich mich in ein Wellnessparadies begeben, wo eine Spezialmassage auf mich wartete.

Die vier Schotten hatten sich nach Franz Ferdinand benannt, dem österreichisch-ungarischen Thronfolger, dessen Ermordung 1914 in Sarajevo äußerer Anlass für den Ersten Weltkrieg gewesen war. Das war auch schon das Originellste an der Band. Im Gegensatz zum Rest der Welt hörte ich nur hektisches Untalent, eine schale Kopie von New Wave und Britpop.

»Da musst du wohl mal wieder über deinen Schatten springen, alter Freund«, hatte Gerster gesagt. »Die Company von FF hat fürs nächste Heft eine doppelseitige Anzeige geschaltet. Gib dir Mühe, enttäusch uns nicht!«

Gerster und ich kannten uns eigentlich nur vom Telefon. Wir waren uns nur einmal begegnet, bei einem meiner seltenen Besuche in der Berliner Redaktion, und da hatte er mir nur kurz die Hand geschüttelt und sich dann geradezu fluchtartig verzogen. Angeblich wartete Dave Gahan von Depeche Mode exklusiv am anderen Ende der Stadt auf ihn. In den nächsten Ausgaben suchte ich aber vergeblich nach dem Interview.

Gersters Stimme hörte man den Nikotinmissbrauch und die rheinische Herkunft an. Ich hatte einmal in einem Szeneblättchen, das er zufällig in die Hände kriegte, über die Kölner Gruppe Can geschrieben, Gersters Lieblingsband. Mein Stil hatte ihm gefallen. Er befreite mich von den Blättchen, bei denen Honorarforderungen als unmoralisch galten, gab mir Jobs bei einem richtigen Blatt, das zahlte, ohne dass ich mit schlechtem Gewissen feilschen musste. Es war zwar nicht der *Rolling Stone,* aber erste Liga.

Alle drei bis vier Wochen rief er an, fast immer angetrunken. Er setzte voraus, dass ich alles stehen und liegen ließ, mich nur auf ihn konzentrierte. Es war eine Art Geschäft: Bevor er mir den Auftrag gab, musste ich ihm zuhören. Gerster redete über seinen verstorbenen Vater, ein Nazi mit einem weichen Herz. »Lach nicht!«, sagte er, obwohl ich gar nicht lachte. Auch ein Schulfreund, der sich mit siebzehn umgebracht hatte, kam wiederholt zur Sprache. Und dass *Start Me Up* eigentlich von Gerster war.

»Hab ich dir die Story schon erzählt?«

»Nein«, sagte ich, denn eine andere Antwort wollte Gerster nicht hören.

»Weißt du«, sagte er, und dann machte er eine bedeutungsvolle Nikotinpause, »weißt du, ich hing Anfang der Neunziger 'ne ganze Woche mit Mick und Keith in New York rum. Eines Nachts waren wir im Village Vanguard, diesem Jazz-Club, 7. Straße, Greenwich Village, du weißt. Die stellen schon die Stühle auf die Tische, und da setz ich mich aus 'ner Laune raus ans Klavier und fang an zu klimpern, und da schreit Keith, der nach dreißig Pink Vodka stoned in den Seilen gehangen hatte, plötzlich ganz aufgeregt: ›He, Mann, was spielst du da? Spiel das beschissene Zeug noch mal!‹ Sag jetzt nichts«, sagte Gerster zu mir, dabei hatte ich gar nicht vor, etwas zu sagen.

Es gab Tage, an denen ich mit Widerwillen, beinahe mit Abscheu an seinen nächsten Anruf dachte. Er hatte eine angenehme, sonore Stimme, aber sein Raucherhusten, das laute Inhalieren und Wegpusten des Rauchs, das häufige Räuspern! Seine Kontrollfrage: »Bist du noch da?« Seine Lieblingsfloskeln *Es stand mal wieder Spitz auf Knopf* und *Geiles Stöffchen, das.* Wenn er seine ewigen Geschichten wenigstens variiert, ein bisschen aufgepeppt hätte. Wenn er schon mal was dazugelogen hätte, nicht nur den Stones einen Titel in die Saiten diktiert hätte, sondern auch Sonic Youth oder Tocotronic!

Ich ließ mich vorteilhaft fotografieren und bewarb mich mit meinen besten Artikeln bei anderen Musikzeitschriften. Ich hielt wochenlang vergeblich nach dem Briefträger Ausschau, zuckte bei jedem Läuten des Telefons zusammen, wich meinem E-Mail-Empfänger nicht von der Seite.

Wenn Gerster mehr als angetrunken war, redete er ausschließlich von Inge. Inge aus Bielefeld, die Liebe seines Lebens, und wie er sie durch Leichtfertigkeit für immer verloren hatte.

»Kurze blonde Haare und ein Gesicht wie die junge Jean Seberg, du weißt schon, *Außer Atem* mit Belmondo. Eine Ausstrahlung hatte Inge, damit hätte sie nachts ganz Berlin erleuchten können! Ich verdammtes Arschloch!«

Gerster tröstete sich mit einem großen Schluck. Aber es war nicht wie in Chaplins *Lichter der Großstadt.* Gersters Erinnerungsvermögen funktionierte am nächsten Tag. Er wusste, dass ich mir einen neuen Auftrag verdient hatte. Jeden Monat bewahrte er mich aufs Neue davor, die Wände oder leere Gläser anstarren zu müssen.

Um zehn nach acht stürmte ich in die Halle, und diese Pünktlichkeitsfanatiker standen tatsächlich schon auf der Bühne. Nicht mal sechzig Sekunden später kriegte ich das große Ohrensausen. Ein schriller Pfeifton leitete den Schlamassel ein. Mir wurde schwindlig, ich fing an zu schwitzen. Die Musik war nur noch Pressluftgewitter, Fabriklärm, Stalinorgel, Folter auf höchster Stufe.

Ich kämpfte mich aus dem flackernden Saal, hatte Angst zu ersticken. Schob mich durch die engen Reihen rücksichtslos glücklicher Egomanen, die zappelnd auf das Kommando von Bass und Schlagzeug hörten und sich den Parolen des Sängers unterwarfen. Jemand stieß mir die Brille von den Augen, zertanzte sie.

Als ich den Ausgang erreicht hatte, hörte sich alles an wie tief unter Wasser. Es klingelte und rauschte dumpf, verzerrt. Ich war erledigt, der Rock 'n' Roll hatte mich taub gemacht. Ich hatte mein Gehör unter dröhnenden Kopfhörern zugrunde gerichtet, in Hallen und Clubs ohne Dezibelbeschränkung.

Aber damit nicht genug. Nachdem ich kurzsichtig

über die Autobahn nach Hause geschlichen war, wartete eine schäbige Mail auf mich. Irgendeine Volontärin teilte mir mit drei Rechtschreibfehlern mit, Gerster habe seinen Schreibtisch geräumt und das Magazin verlassen.

Sofort fiel mir der verdammte Kredit ein.

6

Tom gratulierte mir, weil mit der Finanzierung alles so gut geklappt hatte.

»Und am ersten Dezember wollt ihr schon einziehn?«, fragte er.

»Wenn's irgendwie geht«, antwortete ich mit Regentropfen auf den Brillengläsern. »Wir möchten so schnell wie möglich aus der alten Wohnung raus.«

»Kein Problem. Unter Zeitdruck arbeite ich am liebsten. Sucht ihr Wandfarben und Teppichboden aus, den Rest übernehme ich.«

Dann wusch er weiter sein silbergraues Auto. Tom hatte zwei rechte Hände, war aber noch nie auf einem arabischen Ölfeld gewesen. Mit seinen eins fünfundneunzig, dem rasierten Schädel und dem leichten Dauergrinsen hätte er Leibwächter eines Scheichs sein können, doch auch das hatte sich noch nicht ergeben. Tom hielt sich selbst zwei Bodyguards, Sammy und Mars, große schwarze Hunde, nicht ganz so kurzhaarig wie ihr Besitzer, gebändigt von Stachelhalsbändern aus Stahl.

Während er mit einem Putzleder zärtlich die Beifahrertür bearbeitete, erzählte Tom, wie er beim Straßenverkehrsamt draufgezahlt hatte, um S und M, die Anfangsbuchstaben der beiden Hundenamen, auf sein Autokennzeichen zu bekommen. Eigentlich hätte Tom lieber MS als SM gehabt; zum einen, weil M im Alphabet lange vor S erscheint, zum anderen, weil Mars' Gebissmuskulatur noch mörderischer, sein Charakter noch gnadenloser als der von Sammy war. Tom lachte. Er sah mich so lange dabei an, bis ich nicht anders konnte und höflich mitlachte.

Aber Tom wollte Sammy nicht das Gefühl geben, zweitrangig zu sein, irgendwie weniger geliebt zu werden, und so hatte er das Los entscheiden lassen. Auf die Rückseite eines Bierdeckels hatte Tom ein großes M, auf einen zweiten ein großes S gemalt, und dann hatte er die Bierdeckel mit geschlossenen Augen gemischt und schließlich das Los mit dem S gezogen.

»Eigentlich«, sagte die regennasse Heike, »müsste auf dem Kennzeichen ja ein H stehen. H wie Heike, verstehst du? Aber die Hunde gehn wie immer vor. Die sind wie Kinder für uns.« Tom und Heike lachten und sahen mich an, bis ich mitlachte.

»Weißt du, mit dreiundzwanzig haben sie mir die Eierstöcke weggeschnitten«, sagte Heike lächelnd. »Wegen Krebsverdacht.«

Tom polierte weiter seinen Wagen, und Heike betrachtete mit stiller Begeisterung die Hunde, bis die an der Leine zerrten und Heike mit sich fortrissen.

»Bin dann auch mal weg«, sagte ich.

»Verlass dich auf mich«, sagte Tom. »Wirst sehn, dieser Umzug wird 'ne super Party.«

Mayas Kinderzimmermöbel, die vielen Tierzeitschriften und Poster sollten nicht mit in die neue Wohnung. Michelle sagte, sie sei zu alt dafür. Pippi-Langstrumpf-Krempel, Jim-Knopf-Babykram. Bücher, die Maya besonders gern gelesen hatte, und ihre selbst gemalten Schmetterlingsbilder sortierte Betty aus und verpackte sie behutsam in Kisten.

Drei Tage vor dem Umzug organisierte Tom einen Kleintransporter. Betty wollte unbedingt zur Mülldeponie mitfahren. Ich versuchte, sie umzustimmen, aber sie ließ sich nicht überreden. Anfangs ging alles gut. Wir brachten Hefte und Bücher zum Container. Auch Betty beteiligte sich, als sei alles bloß Altpapier. Danach waren das Bett dran, der Kleiderschrank, der Schreibtisch. Bevor wir gemeinsam anpackten, bat ich Tom, die Möbel möglichst geräuschlos auf den anderen Sperrmüll fallen zu lassen. Tom grinste wie üblich und sagte etwas, das ich nicht verstand. Als die Ladefläche des Transporters leer geräumt war, dachte ich schon, wir hätten es überstanden.

»Irgendwie ist es besser so«, sagte ich zu Betty und wollte sie in den Arm nehmen. Sie stieß mich weg. Überrascht stolperte ich rückwärts über ein paar Bretter und fiel auf den Hintern. Tom nahm die schwarze Mütze ab, die seinen geschorenen Kopf vor dem Novemberwetter schützte, und setzte sie wieder auf. Zwei Arbeiter, die in Gartenabfällen herumstocherten, wechselten Blicke und lachten.

Am nächsten Tag fuhren wir zu den Möbelhäusern außerhalb der Stadt. Betty musste dort lange um einen Parkplatz kämpfen. Zweimal wäre sie fast auf ein anderes Auto aufgefahren. Es wurde gehupt, gebrüllt, gedroht.

»Lass mich doch fahren«, sagte ich. Betty würgte den Motor ab. Ein übergewichtiger Familienvater machte obszöne Handbewegungen. Betty sagte, am liebsten wäre sie tot. Ich zerkratzte mir die Unterarme. Michelle saß mit Kopfhörern auf dem Rücksitz.

Ein Nikolausdarsteller zerrte an seinem juckenden Bart. Fröstelnde Engel verteilten Luftballons und Süßes.

Michelle hatte einen ganz anderen Möbelgeschmack als Maya, Betty und ich. Konservativ, ohne Pfiff. Alle Bekehrungsversuche schlugen fehl. Außerdem achtete Michelle nicht auf den Preis, obwohl wir an den Kredit für die Wohnung denken mussten. Und es war viel zu warm, zu laut und eine Qual, bis Verkaufspersonal frei war. Nach jedem Kauf gab Michelle uns artig einen Kuss. In einer überfüllten Cafeteria stellten wir uns ihr zuliebe für ungesundes Zeug an, dazu gab es Weihnachtslieder im Techno-Sound und quengelnde Kinder.

Auf der Rückfahrt am späten Nachmittag machten wir uns nach langer Stille plötzlich lustig über Leute, die so dumm waren, ausgerechnet am ersten Adventssamstag durch Möbelhäuser zu ziehen. Betty imitierte einen der Verkäufer, der Hasenzähne und die feuchte Aussprache eines Duschkopfs hatte, es außerdem geschafft hatte, in einem kurzen Satz dreimal das Wort *easy* unterzubringen. Wir lachten wie Überlebende. Dann bat Michelle mich, wegen Robbie Williams das Radio lauter zu stellen. Es dauerte nicht lange, da konnte ich den Krach nicht mehr aushalten.

»Tut mir leid«, sagte ich, weil Robbie Williams sich nicht richtig austoben konnte. »Muss meine Ohren schonen für das nächste Konzert, über das ich einen Artikel schreibe. Diese Bands sind immer höllisch laut. Bin danach oft tagelang taub.«

Michelle sagte nicht, dass ich zu alt für meinen Job sei, sondern: »Beim nächsten Mal fahr ich mit, und dann gehst du in ein Café und liest Zeitung, und ich hör mir die Band an. Ich erzähl dir dann, wie es war.

Dann schreibst du den Artikel, und deinen Ohren ist nichts passiert. Okay, Papa?«

Ich stieg aus, um das Garagentor zu öffnen. Maya hatte mich immer beim Vornamen gerufen, mich nie Papa genannt, weil ich nie so genannt werden wollte. Ich drückte Michelle an mich. »Mein Mädchen«, sagte ich. »Meine Kleine.«

»Fragst du Frau Breuer, ob ich ganz zu euch ziehen kann?«, fragte Michelle leise.

7

Frau Hauenstein machte sich zum ersten Mal zwei Tage nach unserem Einzug bemerkbar.

»Hallo, ich brauche Brot!«, rief sie, über das Treppengeländer gebeugt, von der zweiten Etage herunter. Ich kam gerade vom Einkaufen. Draußen war es nasskalt.

»He, schwerhörig? Ein Brot brauch ich!« Eine Stimme wie eine verrostete Kreissäge.

Ich stellte meine Taschen vor unserer Wohnungstür ab und stieg zögernd die Treppe hoch, dabei putzte ich missmutig meine beschlagene Brille.

Frau Hauenstein war über achtzig, barfuß und im Morgenmantel, um den sie eine dicke rosa Wolldecke gewickelt hatte. Sie roch nach Zigaretten und Teenagerparfüm.

»Die Beine wollen heute nicht«, sagte sie, als sei das meine Schuld. »Ein verdammter Mist, alt zu werden!« Und dann fügte die unverschämte alte Ziege hinzu: »Aber das weißt du ja selbst.«

»Welches Brot wollen Sie denn?«, fragte ich gereizt

und das *Sie* betonend. »Sesam-, Molke- oder Schwarzbrot? Baguette? Knäckebrot?«

»Knäckebrot?« Die Alte sah mich an wie jemand, der unter rasenden Kopfschmerzen litt, bevor sie den Mund weit aufriss und mindestens zehn Sekunden lang schamlos Zahnstümpfe, Lücken, schwarze Löcher und eine belegte Zunge zeigte.

»Damit soll ich Knäckebrot essen?«

Ich wich einen Schritt zurück.

»Und eine Dose Ravioli brauch ich auch und eine Stange Zigaretten! Bensons, keine anderen!«

Frau Hauenstein wühlte in den Taschen ihres Morgenmantels. Ein stark benutztes Taschentuch, Bonbons, Geldscheine und viele Münzen fielen auf den Boden. Ich bückte mich hilfsbereit. Frau Hauenstein ging unerwartet elastisch ebenfalls in die Knie, sie keuchte allerdings schwer. Eine Art Wettkampf begann. Er endete damit, dass die Alte und ich gleichzeitig nach einem Zwanzig-Euro-Schein griffen. Danach hatte jeder von uns beiden einen halben Geldschein in der Hand.

Ich verstand jetzt, warum Tom kein Altenpfleger sein wollte. Und meine Hilfsbereitschaft bescherte mir noch weitere Tiefschläge. Auf dem Weg zum Bäcker brach ein Windstoß meinem Regenschirm das Genick. Im Tabakladen gab es Streit wegen des halbierten Zwanzigers.

Der sei höchstens noch fünfzehn wert, behauptete der Händler. Es war spät, der nächste Tabakladen vier Straßen weiter, Schneeregen. Ich handelte den Zwanziger auf siebzehn hoch. Als ich dem Händler im Hinausgehen ein Nachspiel androhte, rief er aufgebracht: »Das ist jetzt der Dank!«

Im Supermarkt gab es fünf verschiedene Sorten Ravioli. Da Frau Hauenstein keinen speziellen Wunsch geäußert hatte, entschied ich mich unter Zeitdruck, Ladenschluss war in wenigen Minuten, für die klassische Version mit Tomatensoße. Kaum war ich durch die Kasse, warf sich jemand auf mich, der wie ein Kaufhausdetektiv aussah. Er war aber der Filialleiter und ich der zweitausendste Kunde an einem Tag, an dem jeder tausendste Kunde ein besonderes Präsent erhielt. Ich wurde vor ein Getränkeregal gestellt, man gratulierte mir, als hätte ich für den Rest des Lebens ausgesorgt, ein Fotograf tat seine Arbeit. Es ging alles so schnell, dass mein Widerstand über das Symbolische nicht hinauskam. Marie Elaine, die schlanke, mediterrane, äußerst wohlriechende Vertreterin einer Schaumwein-Dynastie, drückte mir zwei angedeutete Küsse auf die Wangen und eine Dreiliterflasche Champagner in die Hände. Applaus gab es auch, der kam wahrscheinlich vom Band.

»Wo ist meine irische Butter?«

Frau Hauensteins Blick war statt dankbar zornig und verzweifelt.

»Welche irische Butter?«, fragte ich und versuchte, den Blick der Alten zu kopieren.

»Und«, sagte Frau Hauenstein in einem Ton, als hätte ich ihr schmutzigen Sex angeboten, »Ravioli mit Tomatensoße esse ich nicht. Immer nur Gemüseravioli! Immer nur, immer nur! Den Fraß hier kannst du zum Atommüll tun!« Und dann, etwas weniger unfreundlich: »Wo ich gerade davon rede. Kannst du meinen Müll mit runter nehmen? Ist ja praktisch *ein* Weg.«

Im Kellerraum, in dem die Abfallbehälter der Hausbewohner untergebracht waren, brannte Licht. Heike trug dicke Arbeitshandschuhe. Es war ihr anscheinend nicht peinlich, dass ich mitbekam, wie sie in Frau Hauensteins Mülleimer herumwühlte.

»Man muss das vier- bis fünfmal am Tag kontrollieren«, sagte Tom, der in unserem Wohnzimmer mit Bohrmaschine und Wasserwaage arbeitete. Es gab noch viel zu tun auf dem Schlachtfeld unserer Wohnung.

»Die Alte achtet doch nicht darauf, ob ihre verdammten Kippen noch brennen«, sagte Tom. »Ist der doch egal, wenn's zu einem Schwelbrand kommt, die hat ihr Leben ja längst hinter sich. Ins Altersheim gehört die, in die Klapsmühle! Am besten, ihr beachtet die gar nicht. Soll die doch sehn, wo sie bleibt.«

Ich nickte.

»Eines Tages«, sagte Tom voller Wut, aber ohne seine Arbeit zu unterbrechen, »eines Tages wird sie uns alle umbringen mit ihrer Kettenraucherei. Schläft mit ’ner brennenden Zigarette ein, Matratze brennt, Haus brennt. Aus.«

Über uns bellten die Hunde, als sei das große Feuer bereits ausgebrochen.

Das Getöse in meinen Ohren, das Zirpen und Sirren nahm zu. Selbst wenn man sich den Hörnerv durchtrennen ließ, würden die Ohrgeräusche andauern, hatte ich im Internet gelesen. Harter Regen pickte an den Fensterscheiben. Ein Lichtstrahl fiel ins Zimmer, erlosch. »Schläfst du?«, flüsterte ich.

»Ja«, antwortete Betty schroff.

Eine Kirchenglocke läutete, ich zählte mit bis zwölf. Betty atmete ungleichmäßig. Ich berührte ihren Oberschenkel, Betty drehte sich weg. Draußen jetzt Polizei- oder Feuerwehrsirenen. In der Wohnung über uns lachten Tom und Heike. Sie sahen einen Film, in dem Gebrüll, Schießereien und Explosionen die Hauptrolle spielten. Plötzlich richtete sich Betty auf. Sie schaltete ihre Leselampe an.

»Was ist passiert, nachdem du Maya am Strand gefunden hast?«, fragte sie. »Worüber habt ihr gesprochen?«

»Was soll das jetzt wieder?«, sagte ich genervt.

Ich blieb liegen, Betty den Rücken zugewandt, Kopf im Kissen vergraben. Mir war kalt.

»Hab dir das alles doch schon zehntausendmal erzählt! Als ich Maya finde, steht sie vor einem Wellenbrecher. Sie zittert vor Kälte, lächelt aber. Ich gebe ihr die Jacke, sage, dass mir mein blöder Anfall leidtut. Dann ein paar Sätze über meinen zweiten Vater, dass er mich bei jeder Gelegenheit Memme und Versager und Heulsuse genannt hat. Und wie sehr ich diese Worte hasse. Maya sagt: ›Dann bin ich ja eigentlich diejenige, die um Entschuldigung bitten muss.‹ ›Quatsch‹, sage ich und nehme sie in den Arm, drücke sie. ›Alles mein Fehler, was hast du mit diesem alten Kram zu tun! So, und nun ab ins Haus, unter die heiße Dusche, sonst erkältest du dich!‹ Zum Schluss sage ich ihr, dass ich noch ein bisschen am Strand bleiben will, den Sonnenuntergang anschauen. Maya gibt mir einen Kuss und läuft in die Richtung unserer Ferienwohnung …«

»Aber warum hat sie weinend am Straßenrand gestanden?«, fragte Betty. »Warum war sie so durcheinander, dass sie nicht auf das Auto geachtet, es gar nicht wahrgenommen hat? Du musst doch irgendwas gesagt, getan haben! Da muss doch was ganz Furchtbares passiert sein …«

Über uns kläfften die Köter, Tom und Heike amüsierten sich.

Ohne meine Antwort abzuwarten, sagte Betty: »Es gibt übrigens Ärger in der Agentur.« Sie strich ihre Decke glatt. »Die haben einen Großauftrag für die CDU an Land gezogen. Ich soll das Layout machen und die Präsentation leiten. Ich will das aber nicht.«

»Find ich gut«, antwortete ich und setzte mich auf. »Du weißt, ich hab die Schwarzen noch nie leiden können. Andererseits«, fügte ich rasch hinzu und dachte an den entschwundenen Gerster, »ist die CDU auch keine Nazipartei.«

»Darum geht's nicht«, sagte Betty. Sie legte den Kopf zurück. »Ich würde mich auch weigern, wenn's um die Roten ginge.«

»Aber die haben wir doch immer gewählt!«

»Ich will nichts mehr mit Politik zu tun haben«, sagte Betty. »Das ist alles falsch und verlogen. Total gottlos.«

»Gottlos?«, sagte ich und versuchte zu lachen. »Was ist das denn für ein Wort? Bist du jetzt bei den Taliban oder den Zeugen Jehovas?«

Betty sah mich an, als hätte sie mich noch nie zuvor gesehen. Ihr Zeigefinger zeichnete abstrakte Muster auf ihr Kopfkissen.

»Sie werden mich jedenfalls rausschmeißen«, sagte sie fast fröhlich.

Maschinengewehrsalven in Toms und Heikes Film. Mein Mund wurde trocken, ich musste schlucken. »Was ist mit dir los?«, sagte ich mit mühsam beherrschter Stimme. »Und wovon sollen wir den Kredit für die Wohnung abbezahlen?«

»Mach endlich dein Hobby zum Beruf«, antwortete Betty mit einem Elan, als habe sie fünfzehn Jahre auf diese Gelegenheit gewartet. »Ruf Gerster an und sag ihm, ein Auftrag im Monat sei zu wenig. Dass du drei oder vier brauchst.«

Obwohl die Nordsee zweihundertdreißig Kilometer entfernt war, rauschte es in meinen Ohren, als seien es bloß zwei Meter dreißig.

»Ich werd den Gedanken nicht los«, sagte Betty auf einmal, »dass Maya sich absichtlich vor das Auto geworfen hat. Was denkst du?«

Ich stand auf und verließ das Schlafzimmer. In der Küche trank ich ein Glas Wasser, blätterte, ohne ein Wort zu lesen, in einer Zeitung. Später ging ich in mein Arbeitszimmer, schloss die Tür ab. Ich schaltete den PC ein, sah nach, ob Gerster mir eine Mail geschickt hatte. Vielleicht hatte er ja woanders angeheuert und einen Job für mich.

Dann holte ich Brass' Pistole aus dem Versteck. Der

Sprengstoffhändler hatte die Schussverletzung überlebt, mit verkrüppeltem Ohr und gelegentlichem Gedächtnisverlust. Es gab Freitage, an denen er mir meinen Wochenlohn zweimal ausgezahlt hatte. Auch die Gedächtniskraft des Lkw-Fahrers war getrübt. Der wisse nicht, wo die Waffe geblieben sei, mit der er Brass fahrlässig zur Strecke gebracht habe, sagte einer der beiden Polizisten, die kurz nach dem Vorfall vor meiner Tür standen. Er wisse nur, dass er sie nicht habe. Ob ich Angaben zu der vermissten Schusswaffe machen könne?

»Leider nicht«, hatte ich nervös geantwortet. »Würde Ihnen ja gern weiterhelfen, aber –«

Obwohl ich, wie ich fand, wenig glaubwürdig wirkte, wurde aus der Befragung kein Verhör, und schon gar nicht fand eine Durchsuchung meiner Bude statt. Die Beamten hinterließen eine Telefonnummer und den Eindruck, als sei ihnen dieser Besuch lästig, als hielte er sie bloß vom Kampf gegen die RAF ab.

Die sechs Patronen, die der besoffene Fahrer nicht verballert hatte, waren nach all den Jahren wahrscheinlich eingerostet, der Lauf verharzt und verstopft. Aus Film und Fernsehen wusste ich, dass man eine Waffe pflegen muss, damit sie funktionierte. Ich hielt mir die Pistole kurz an die Stirn, vor den Mund, spielerisch, schloss die Augen, verzog das Gesicht. Ich musste an Fotografien aus dem Ersten Weltkrieg denken. Männer ohne Mund, ohne Augen, entstellte Monster mit schwersten Gesichtsverletzungen, offenem Rachen, aber am Leben.

Frau Hauensteins Beine wollten immer noch nicht, aber ihr Appetit auf weiches Weißbrot, Ravioli, Trüffelleberwurst, Billigsekt und Filterzigaretten war intakt. Sie hatte sich in Schale geworfen, als sie mir diesmal öffnete. Kirschroter Lippenstift, eine Bluse in Frühlingsfarben und mit angedeutetem Dekolleté, große afrikanische Ohrringe. Der Armreif aus Silber verrutschte ständig, weil Frau Hauensteins Arm zu dünn für ihn war. Sie stützte sich auf einen Stock, dessen goldfarbener Griff ein Vogelkopf mit langem Schnabel war.

Sie schien ihren guten Tag zu haben. Außer Atem vom Treppensteigen musste ich ihr mitteilen, dass der gepfefferte Ziegenkäse zum Sonderpreis vergriffen war. Sie ertrug die schlechte Nachricht mit einer beschwichtigenden Handbewegung. Ihr Wohnzimmer war Heimat für ein Dutzend Aschenbecher und viele Bücher und Bildbände über Venedig. An den Wänden hingen gerahmte Fotografien von Gondeln und Palästen.

»Da wollte ich immer mal hin, aber immer ist was dazwischengekommen«, sagte Frau Hauenstein und lachte. »Schwangerschaft, Scheidung. Zwei Krebsoperationen und so weiter. Der übliche Quatsch.«

Auf dem Bücherregal stand ein Foto von einer jungen attraktiven Frau Hauenstein, schlank und elegant wie eine Diplomatengattin, eine Zigarettenspitze lässig im Mundwinkel.

»Willst du einen Cognac?«, fragte sie.

»So früh?«, antwortete ich. Dann knickte ich ein. »Aber nur, wenn Sie einen mittrinken.«

Ich schaute aus dem Fenster. Trotz des trüben Wetters hatte man einen Blick auf die Altstadt, den Dom, das Rathaus, sogar auf die Flutlichtmasten des Fußballstadions. Und das im zweiten Stock.

»Musst du nicht in ein Büro, in eine Firma?«, fragte Frau Hauenstein.

»Musikbranche«, antwortete ich. »Freiberuflich.«

»Aha. So einen hatte ich auch mal. Karl. Nannte sich aber Charles. Bassist in einer Jazzband. Ich hab ihn durchgefüttert. Als ich ihm sagte, dass ich schwanger bin, hat er heimlich seinen Koffer gepackt.«

Frau Hauenstein rauchte ihre Zigarette bis zum Mundstück, zündete sich dann eine neue an, inhalierte tief.

»Lässt du dich auch durchfüttern?«, fragte sie.

»Der Cognac ist wirklich gut«, sagte ich und trank schnell aus.

»Alkoholiker bist du also auch noch«, sagte Frau Hauenstein.

Ich erhob mich.

»Moment!«, rief die Alte, humpelte zu einem antiken Schrank und öffnete quietschende Türen. Hunderte Schallplattenrücken kamen ans Licht. Frau Hauenstein griff wahllos eine Platte heraus und drückte sie mir in die scheinheilig abwehrenden Hände.

»Mein Charles hat nie nach seiner Tochter gefragt, immer nur nach diesen verdammten Scheiben. Er hat Bettelbriefe geschrieben, mich am Telefon angefleht, aber ich habe seine Schätze nicht rausgerückt. Eine schöne Rache war das! Vielleicht ist der Gute deshalb so früh gestorben.«

Frau Hauenstein lachte wie Klaus Kinski in *Leichen pflastern seinen Weg.*

Auf der Treppe begegneten mir Heike und die Hunde. Alle drei blickten böse zur zweiten Etage hoch. Dann lächelte Heike mich strafend an. »Ich hab morgen Geburtstag«, sagte sie. »Ihr seid herzlich eingeladen. So gegen sieben?«

Ich nickte abwesend, vergaß, ihr für die Einladung zu danken, weil ich nur an Frau Hauensteins nach Zigarettenrauch riechendes Geschenk denken konnte, Chet Bakers Platte *Chet* aus dem Jahr 1959. Ich trug sie wie einen gerade erworbenen Picasso vor mir her. »Kein Krätzerchen drauf«, hatte Frau Hauenstein gesagt. »Ich bin diejenige, die die Kratzer abbekommen hat.«

Auf der Vorderseite der Hülle schmiegte sich eine junge blonde Frau verliebt und mit geschlossenen Augen an Chet Bakers Schulter. Der Musiker blickte eher skeptisch und klammerte sich an sein Instrument.

Chet Baker. Geboren an einem 23. Dezember, gestorben mit neunundfünfzig. 1988 in Amsterdam aus einem Hotelzimmerfenster gestürzt, sofort tot (manche sprechen von Mord). Gefallener Engel. Trompete, Flügelhorn, hauchender Gesang. Cool. Schon mit dreiundzwanzig ein Weltstar. Frauen zu Füßen. Chet, der große Melancholiker mit dem zarten, dünnen Ton. Die Kunst des Weglassens. *My Funny Valentine.* Sogar Miles Davis hatte Respekt vor ihm. Heroin, Knast, Entzug. Heroin, Knast, Stütze, Mansardenzimmer bei der Mutter, die wünschte, ihn nie geboren zu haben. Auch Dealer und Bullen behandelten ihn wie Dreck. Vom Gesicht der 1950er zur zahnlosen Wrackvisage. Wiederauferstehung, Hall of Fame. Hoffnungsloser Fall. Speedballs aus Heroin, Kokain und Amphetamin. Die Junkie-Migräne danach. *Let's Get Lost.*

Vorsichtig legte ich die Platte der Jazzfirma Riverside auf den Teller, sie begann sich 33,3-mal pro Minute zu drehen. Ich stellte auf volle Lautstärke. Der Tonarm senkte sich sanft, da fielen mir meine wehleidigen Ohren ein.

8

Nach dieser blöden Geburtstagsfeier hätten wir uns von Heike und Tom fernhalten, es beim Grüßen im Treppenhaus belassen, nicht mal mehr über das Wetter reden sollen.

»Eine Musikbox aus den Sixties haben wir natürlich nicht«, hatte Tom zur Begrüßung gesagt. »Bloß so'n billiges CD-Ding von Tchibo.«

»Hauptsache Musik«, antwortete ich nachsichtig.

»Genau«, sagte Gitta, der dritte Gast. Sie gab mir die Hand, fummelte gleichzeitig mit der anderen an einem schwarzen BH-Träger herum. Sie hatte himbeerrote Lippen und himbeerrote Fingernägel, war das Gegenteil der knochigen Heike. Ich stellte sie mir in verschiedenen Positionen vor und musste aufpassen, dass das nicht auffiel.

Aus dem Tchibo-Ding kam Woolworth-Musik. Einer der beiden schwarzen Hunde übertrieb seine Gastfreundschaft. Er verfolgte mich, wollte immer wieder zwischen meinen Beinen schnüffeln, lecken. Auch rieb er seine feuchte Schnauze an meinen abwehrenden Händen.

»Sammy, jetzt aber!«, rief Heike mit ihrer rußigen Stimme. Sie hatte eine neue Haarfarbe, dunkelrot mit schwarzen Strähnen. Das Kleid mit dem Blumenmuster machte sie nicht jünger.

Betty und ich gratulierten, dann überreichte ich die Dreiliterflasche Champagner, die ich gewonnen hatte. Heike spielte die schwache Frau, die unter der Last fast zusammenbrach, Gitta sprach grinsend das Wort *Übergröße* aus.

Tom, ausnahmsweise in Jeans und weißem Hemd, erhielt den Auftrag, die Flasche zu entkorken. Sammy war mit seiner Riesenschnauze schon wieder zwischen meinen Beinen, und Mars hatte nun auch Witterung aufgenommen. Er bedrängte mich von hinten. Gitta sagte einen Satz, in dem die Worte *starke sexuelle Ausstrahlung* vorkamen.

»Jetzt aber!«, rief Heike wieder, verpasste den Tieren ein paar angedeutete Ohrfeigen und drohte mit Fernsehentzug. Ich fragte nicht nach, hatte mich bestimmt verhört. Wenn mehrere gleichzeitig sprachen, verstand ich nur noch wenig. Ich nickte dann bloß und lächelte. Cocktailparty-Taubheit war der Fachbegriff dafür. Bald würde ich nur noch von den Lippen lesen können.

Die Hunde warfen sich missmutig und fast synchron

unter den rustikalen Wohnzimmertisch, auf dem ein Adventskranz aus Kunststoff stand. Auf einem Regal ein paar CDs, ein Nähkorb, ein Teddybär von der Schießbude, Kochbücher und eine Bibel. Betty hatte die Heilige Schrift auch entdeckt.

»Ihr seid gläubig?«, fragte sie ungläubig und begann, in dem Wälzer zu blättern.

»Nee, nee«, sagte Tom. »Das Ding haben unsere Vormieter hier liegen lassen. Ich wollte es auf den Papiermüll schmeißen, aber Heike war dagegen.«

»Ja«, sagte Heike, »ich glaub zwar nicht dran, aber vielleicht gibt es ja doch eine Hölle.«

»Die Bibel, vor allem das Alte Testament ist spannender als jeder Krimi«, sagte Betty mit einem Eifer und Schwung, als habe sie das Buch geschrieben. »Ich wusste das vorher auch nicht, aber ich bin jetzt – in einem Literaturkreis.«

Gitta, Beine über Kreuz, wippender linker Fuß, setzte demonstrativ gelangweilt dem Salzgebäck zu und sagte: »Amen.«

Vergeblich versuchte ich, Bettys Blick aufzufangen. Ich kippte den Champagner wie billigen Sekt.

Die wuchtigen Sessel und der große Eichenschrank erinnerten mich an das Wohnzimmer meiner Eltern und Großeltern. An den Wänden hingen ein schwarzgelber Fußballwimpel und zwei Kohlestiftporträts von

Sammy und Mars, gezeichnet von einem Kunststudenten, so Heike stolz, der am Wochenende auf dem Flohmarkt seine Dienste anbot. Der Student hatte noch viel zu lernen.

Ich sah mich heimlich nach Nazikram um. Eine kleine Statue von Rudolf Heß, ein Aschenbecher mit Davidstern, eine versilberte Patrone aus Stalingrad.

Mit seinem rasierten Schädel und den Armeeklamotten wäre Tom auf keiner rechten Demo aufgefallen. Er füllte mein Glas, dabei sagte er, wie froh Heike und er über unseren Einzug seien. Und wenn wir ihn noch mal brauchen sollten, nehme er nur noch zehn Euro die Stunde, nicht mehr dreizehn.

»Kommt gar nicht in Frage«, sagte ich und schämte mich.

Gitta, die als MTA bei einem Laborarzt gearbeitet hatte, der vor Kurzem in Pension gegangen war, hoffte, ab Januar in der Uniklinik anfangen zu können. Die Gesundheitsüberprüfung für den öffentlichen Dienst hatte sie jedenfalls bestanden.

»Aber«, sagte sie, »aber! Ich musste mich von so ’nem alten Knacker untersuchen lassen. Der roch ganz muffig, und sein weißer Kittel war auch nicht besonders sauber. Nachdem er mir den Blutdruck gemessen hatte, musste ich mich ausziehen, alles, und dann auf einem Bein auf einer weißen Linie hüpfen, mindestens zehnmal. Und das bei meiner Oberweite, könnt ihr euch das vorstellen! ›Noch einmal hüpfen‹, rief der geile Sack, ›und noch einmal und noch einmal!‹ Und danach tastete er mich auch noch überall ab mit seinen feuchten kalten Flossen!«

Jetzt hieß es aufpassen, eine Erektion drohte. Ich schlug die Beine übereinander, machte ein unschuldiges Gesicht und sagte: »Das ist ja menschenverachtend.«

»Ich hätte das nicht gemacht!«, sagte Heike. »Höchstens bei einem jungen Arzt mit warmen Händen.«

Alle außer Betty lachten.

»Oje, schon halb neun!«, rief Tom erschrocken. »Da haben wir uns aber verquatscht! Jetzt aber schnell!«

Die Sendung hatte schon angefangen, *Deutschland sucht den Superstar,* die Lieblingssendung von Sammy und Mars. Damit die beiden von der Geburtstagsfeier nicht gestört wurden, führte Tom sie ins Schlafzimmer, wo auch ein Fernsehgerät stand, allerdings mit kleinerem Bildschirm als im Wohnzimmer. »Aber ihr habt ja gute Augen, ihr zwei!«, sagte Heike voller Zuversicht.

Ich suchte Bettys Augen. Sie trank, als würde sie unseren Untergang begießen. Tom hatte die Rolle des beflissenen Kellners übernommen. Gitta war wieder mit ihren BH-Trägern beschäftigt.

»Warum habt ihr eure Tochter nicht mitgebracht?«, fragte Heike. Sie lallte schon.

»Maya ist die Woche über im Internat«, antwortete Betty.

»Michelle«, sagte ich.

Heike wollte nachfragen, aber da schlug Gitta sich mit der linken Hand gegen die Stirn. Sie hatte endlich das Rätsel gelöst, warum ihr BH nicht richtig saß, warum er so drückte und sie fast umbrachte. In der Umkleidekabine für die Gesundheitsprüfung hatte noch ein schwarzer BH gelegen, der war da wohl vergessen worden, und Gitta hatte den mit ihrem verwechselt, in der ganzen Aufregung wegen des Hüpfens und eiskalten Antatschens überall, obwohl der andere ihrer Oberweite überhaupt nicht gewachsen war.

»Doof mit drei O«, sagte Gitta. »Entschuldigt mich, ich muss das Ding loswerden, bevor ich die Krätze kriege und der Muff am Sausen ist.«

Die Hunde bellten.

»Werbung«, sagte Tom. »Wenn Werbung ist, langweilen sie sich immer. Außer bei Hundefutter.«

Tom und Heike lachten und sahen Betty und mich an, bis ich mitlachte.

»Sorry«, sagte Betty, »aber das meint ihr doch nicht ernst? Das ist doch totaler Quatsch, oder?«

»Nein!«, riefen Heike und Tom unisono.

»Ihr behandelt die Köter ja wie Kinder«, sagte Betty.

»Sag nie wieder Köter, du eingebildete Kuh!«, schrie

Heike. Sie sprang vom Sofa auf und machte erst wenige Zentimeter vor Betty halt. Zwei, drei Augenblicke sah es so aus, als wollte sie zuschlagen und treten. Dann fiel Heike Betty schluchzend um den Hals und sagte stockend: »Die haben mir doch die Eierstöcke weggeschnitten in der Klinik! Sammy und Mars sind doch meine Kinder!«

»Kinder«, rief Gitta und breitete befreit ihre Arme aus, »ich fühl mich wie neugeboren!«

Ein Glück, dass Tom bisher nur Apfelsaft und Mineralwasser getrunken hatte. Salzstangen und Partynüsse waren alle, weil Gitta, entkräftet von den strapaziösen Untersuchungen, zugelangt hatte wie Kommissär Bärlach im großen Finale von *Der Richter und sein Henker.* Aber Tom konnte ohne Sorge um den Führerschein zur nächsten Tankstelle fahren und für Nachschub sorgen. Heike brachte den Hunden was zum Knabbern. Über deren Zeug hatte sich Gitta noch nicht hergemacht.

Betty und Gitta gingen eine rauchen, draußen auf dem Balkon, denn Sammy und Mars hassten nicht nur Werbung außer für Hundefutter, sondern auch Zigarettenqualm. Ich nutzte die Gelegenheit, um ins Bad zu gehen. Mein Herz klopfte. Der vertauschte schwarze BH lag auf einem Wäschekorb. Er roch nach Gittas Parfüm. Besonders klein, wie sie behauptet hatte, war er nicht, mehr als eine Faust passte bequem rein. Ich hielt ihn gerade an die Nase, als die Türklinke heruntergedrückt wurde. Ich hatte die Tür abschließen wollen, aber es gab keinen Schlüssel. Heikes harter, bohrender Blick. Dann lächelte sie und bat um Entschuldigung.

»Ehrlich, ich find das toll, wie du dich um die Alte kümmerst«, sagte Tom, nachdem er neues Salzgebäck auf bunte Schüsseln verteilt und mit einem Besenstiel und fanatischer Ausdauer gegen die Decke geklopft hatte, weil Frau Hauenstein ihren Raucherhusten nicht in den Griff bekam. »Dafür kommst du bestimmt in den Himmel. Vielleicht früher, als dir lieb ist.«

Die Küchenuhr schlug Alarm.

»Wie meinst du das?«, sagte ich.

»Die Alte ist doch eine Gefahr für die Allgemeinheit«, sagte Tom, während er die Lasagne aus dem Backofen holte. »Die muss hier weg, die mit ihren Zigaretten. Du weißt ja, dass die schon zweimal fast das Haus in Brand gesteckt hat?«

Ich schüttelte den Kopf.

»Siehst du«, sagte Tom triumphierend, »siehst du! Eingeschlafen ist sie nachts mit 'ner brennenden Zigarette, und wenn Sammy und Mars uns nicht geweckt hätten –«

Tom zog seine Hitze abweisenden Küchenhandschuhe aus und richtete den Blick hoch zum Allmächtigen.

Die Lasagne duftete, Tom begann mit dem Zerteilen.

»Warum bist du eigentlich arbeitslos?«, fragte ich. »Bei deinen handwerklichen Fähigkeiten!«

»Willst du jetzt die Party kaputt machen, oder was soll die Frage?«, antwortete Tom.

Ich öffnete das Fenster, lehnte mich hinaus. Die Domglocken, das Leuchten des Weihnachtsmarkts. Nach dem winterlichen Herbst war der Vorfrühling ausgebrochen, Glühweinverkäufer konnten sich ihren Hobbys widmen. Zwei Polizeiautos fuhren langsam vorbei, wie auf der Pirsch. Tom steckte einen Finger in die Salatsauce und leckte ihn ab. Er schloss die Augen und dachte wohl über den Geschmack nach.

»Na«, sagte Gitta und legte beide Arme um meine Taille. Mein Gesicht wurde heiß.

»Tom«, sagte sie, ohne mich loszulassen, »so einen tollen Balkon wie ihr hätte ich auch gern. Da könnte ich im Sommer nackt in der Sonne liegen!«

»Träum weiter«, sagte Tom. »Auf deinem Balkon sitzt Frau Hauenstein und qualmt, bis dass der Tod uns scheidet.«

Er half dem Geschmack der Salatsauce mit einem Teelöffel Senf und, wie sich bald herausstellen sollte, zu viel Salz nach.

Nach dem Essen wurden Kerzen angezündet. Die Hunde gähnten. Erschöpft von dem aufregenden

Fernsehabend spannten sie unter dem Wohnzimmertisch aus. Für mich interessierten sie sich nicht mehr. Betty legte eine Hand über ihr Glas, als Tom ihr nachschenken wollte, und gab mir Zeichen, dass wir bald aufbrechen sollten. Heike wollte die CD hören, die Gitta ihr geschenkt hatte, eine Zusammenstellung von Hits der letzten Jahre. Tom fragte, ob ich Lust hätte, demnächst mit ihm ins Stadion zu gehen und anschließend noch einen zu heben.

»Ja, macht das mal!«, rief Heike.

Ich tat erfreut, sagte dann halbherzig etwas von einer Einweihungsparty in unserer neuen Wohnung.

»Bin ich auch eingeladen?«, fragte Gitta. Sie räkelte sich auf dem Sofa, fragte, wie es mit einem Spielchen sei, Karten oder Würfel, und erinnerte sich laut an die Pfänderspiele, die in ihrer früheren WG gespielt worden waren.

»Ich hab mir vorher immer fünf T-Shirts und drei Slips übereinander angezogen, und trotzdem saß ich nach einer halben Stunde ohne alles da. Als einzige Frau unter drei Männern!«

»Schluss!«, sagte Betty laut. »Ich will das nicht hören!«

»Mein Gott, entschuldige«, sagte Gitta und lachte schrill. »Wusste ja nicht, dass du so prüde bist.«

Betty war zu dem Tchibo-Ding gelaufen, das *Sweet*

About Me spielte, und versuchte mit Gewalt, aber ohne Erfolg, es zum Schweigen zu bringen.

»Was ist denn los?«, fragte Tom. Auch die Hunde richteten sich alarmiert auf, jaulten.

»Das Lieblingslied unserer verstorbenen Tochter Maya«, sagte ich mit belegter Stimme. Ich half Betty beim Ausschalten des Geräts, dann verabschiedeten wir uns eilig.

9

Michelle hatte vor dem Frühstück die Endlostaste ihres CD-Players gedrückt, um immer wieder denselben Song zu hören. Sie und Betty konnten ihre Lieblingsstücke tausendmal hintereinander abspielen, überall und wochenlang. Sie konsumierten ihre Hits, nutzten sie ab, und dann war es vorbei. Wurde das Stück nach der Begeisterungsphase im Radio gespielt, stöhnten sie genervt und fragten sich, was sie an der Nummer jemals hatten finden können.

Im Moment war *Break Of Dawn,* ein Oldie von Michael Jackson, ihr Favorit. In Michelles Zimmer machten sie Gymnastik dazu. In Rückenlage mit angewinkelten und auseinandergeklappten Beinen, eine Hand im Schritt, trainierten die beiden ihren Beckenboden.

Ich ging mit Musik nicht um wie mit einem Kaugummi, das man nach einiger Zeit einfach ausspuckt. Von Songs, die mich vom Hocker hauten, hielt ich mich fern. Ich wechselte sofort den Sender, lief notfalls mit zugehaltenen Ohren vor ihnen weg. Ich versuchte, sie mir aus dem Kopf zu schlagen. Sie sollten einmalig bleiben. Ich sparte sie für den perfekten Augenblick auf: nach dem Anruf des Jurypräsidenten, der mir mitteilte, dass sie einen meiner Texte zum Artikel des Jahres gewählt hatten; beim Geldzählen nach einem reibungslosen Bankraub; nachdem mich eine unbekannte Schöne auf der Straße oder im Supermarkt angelächelt hatte. Und wenn ich mir dann einen dieser Songs anhörte, musste ich mit mir allein sein. Niemand sollte dazwischenquatschen, sagen: »Ganz gut, aber nicht überragend.«

Michelle schlürfte laut ihren Milchkaffee. Betty räusperte sich erfolglos. Ich las Zeitung.

»Bist du wirklich ein Leichenschänder?«, fragte Michelle mich plötzlich.

»Bitte?«, fragten Betty und ich gleichzeitig.

»Hat Tom gesagt. Weil du so oft zu Frau Hammelstein gehst.«

»Hauenstein«, sagte ich. »Und auch sonst musst du dich verhört haben.«

»Na ja«, sagte Betty, »so ganz unrecht hat Tom nicht. Du bist wirklich der Laufbursche für diese Frau da oben.«

»Und wie läuft's in der Schule?«, fragte ich Michelle.

»Pissig«, antwortete sie und stellte ihre Tasse mit

einem Nachdruck hin, dass der Kaffee überschwappte. »Eine Vier minus in der Deutscharbeit, weil Frau Rogler meint, ich würde schlechte Ausdrücke benutzen.«

»Was denn für schlechte Ausdrücke?«, fragte Betty besorgt.

»Zum Beispiel chillig«, sagte Michelle. »Oder porno, krass abkacken oder so. Jeder außer Frau Rogler spricht doch so!«

»Ich spreche nicht so«, sagte Betty, »und ich finde es auch nicht in Ordnung, dass du solche Ausdrücke benutzt.«

»Immerhin noch eine Vier«, sagte ich schnell. »Als ich in die Schule kam, wurde man geschlagen und kriegte eine Sechs, wenn man nicht Hochdeutsch sprach. Die Lehrerin hasste unseren rheinischen Dialekt. Die verstand uns nämlich nicht, weil sie eine Vertriebene aus Oberschlesien war. In den Pausen schlich sie auf dem Schulhof hinter uns her. Die belauschte uns sogar auf dem Klo. Sprach einer Platt, patsch, hatte er eine kleben und musste eine eng bedruckte Seite aus dem Lesebuch abschreiben.«

Michelle fragte: »Wo liegt denn Oberschlesien?«

Es läutete dreimal. Betty sprang auf, als erwartete sie die Beatles in Originalbesetzung. Kaffee schwappte jetzt über den Rand *ihrer* Tasse. Wenig später hörte ich sie lachen wie schon lange nicht mehr. »Das ist ja eine Überraschung!« Man duzte sich. Betty brachte zwei Männer mit, die dabei waren, ihre Mäntel aufzuknöpfen. Sie gaben Michelle und mir die Hand wie Politiker im Wahlkampf und nannten ihre Vornamen. Betty sagte, Robert und Johannes seien *auch* im Literaturkreis, zufällig in der Nähe gewesen und würden nun mit uns frühstücken.

»Aber nur, wenn es keine Umstände macht«, sagte Robert und sah Michelle und mich gewinnend an. Michelle fing wieder an zu schlürfen. Von ihren Augen konnte man leicht den Wunsch ablesen, die Typen sollten möglichst rasch krass abkacken. Ich signalisierte Zustimmung.

Betty holte Stühle, hantierte mit Tassen und Tellern, bediente die Kaffeemaschine. Sie füllte den Brötchenkorb und sprach mit hoher Stimme. Die drei unterhielten sich über andere aus dem Literaturkreis. Paula im neunten Monat, aber immer noch mit dem Fahrrad unterwegs; Alexander, der sein Chemiestudium mit der Bestnote abgeschlossen hatte.

»Und wo liegt jetzt Oberschlesien?«, fragte Michelle mich. »Und warum ist deine Lehrerin von da vertrieben worden? Weil die so streng war?«

Wie ein petzender Schuljunge fragte Johannes, der jüngere der beiden Gäste: »Sind das deine Zigaretten, Betty? Aber du rauchst doch nicht, oder?« Mit spitzem Finger zeigte er auf die Packung, die auf der Fensterbank lag.

Betty antwortete, eigentlich sei sie Nichtraucherin, nur hin und wieder paffe sie mal eine. Auf einer Feier, nach einem anstrengenden Tag in der Agentur. Sie redete und redete wie eine Angeklagte, versprach, in Zukunft überhaupt nicht mehr zu rauchen. Zum Beweis zerdrückte sie die fast volle Packung und warf sie in den Mülleimer.

»Was geht das diese Leute an, ob du rauchst oder nicht?«, fragte ich Betty heiser.

»Das frag ich mich aber auch«, sagte Michelle.

»Ich bin Ihnen dankbar für diese Frage«, antwortete Robert. Sein wohlwollender Blick, seine sanfte Telefonseelsorgerstimme nervten. Das Telefon läutete.

»Ein Brot!«, rief Frau Hauenstein. »Und eine Makrele, ein paar Gramm Trüffelleberwurst. Und die Fernsehzeitung. Und Bensons und zwei Flaschen Rotwein, den aus Südafrika, du weißt schon. Ich kaue hier schon auf Papier und Zigarettenkippen herum, aber es eilt nicht! Lass dir ruhig Zeit!«

Bevor ich das Haus verließ, schaute ich aus dem Fenster. Ich hatte Glück: Tom, Heike, Sammy und Mars fuhren gerade weg. Es war der zweite Adventssamstag und eigentlich die Stunde, in der Tom immer sein Auto auf

Hochglanz brachte. Aber das Wetter spielte weiter verrückt. Der Temperatursturz war enorm. Nur ein Wahnsinniger würde bei dieser Kälte sein Auto waschen.

Die Gehwege waren vereist. Einmal rutschte ich aus. Eine Leierkastenmelodie und die flimmernde Adventsbeleuchtung versuchten mich aufzurichten. Im Tabakladen ging es nicht voran, weil alle Kunden Zigarrenkisten und Schnapsflaschen in Geschenkpapier und mit Goldflitter wünschten. George Michael sang *Last Christmas.* Meine Brillengläser beschlugen. Im Fischgeschäft gab es Makrelen kistenweise, aber zwanzig Kunden waren vor mir dran. Deshalb kaufte ich im Supermarkt eine Dosenmakrele. Die Kassiererin, vor deren Kasse ich in der Schlange stand, war anscheinend neu. Sie hatte einen roten Kopf. Der Filialleiter sah ihr auf die Finger und machte aufdringlich gut gelaunt Witzchen, um die Wartenden bei Laune zu halten. Ich wechselte zu einer anderen Kasse. Dort schaffte es die Kassiererin nicht, eine neue Papierrolle einzulegen. George Michael sang *Last Christmas.* Die Papierrolle fiel auf den Boden. Die Kassiererin weinte, die Alarmanlage heulte. Die Leute hinter mir wünschten sich die D-Mark zurück.

Ich ärgerte mich, weil ich immer an Tom und Heike denken musste. Aber Toms silbergrauer Ford stand nicht vor dem Haus, als ich zurückkam. Schräg gegenüber war Geschrei, ein Mann schubste einen anderen gegen einen Laternenpfahl, Flugblätter flogen. Es ging, erfuhr ich, um Hundekot auf den Gehwegen und Spielplätzen des Viertels, um Belästigung und Gefährdung durch nicht angeleinte, aggressive Hunde. Eine Frau mit bunten Ohrenschützern hielt mir eine Unterschriftenliste hin, in der die Verdopplung der Hundesteuer und eine verschärfte Überwachung der Anleinpflicht gefordert wurden. Ein Hund, so groß wie Sammy oder Mars, protestierte scharf, während ich mich in die Liste eintrug. »Danke«, sagte die Frau und lächelte. Ich lächelte zurück, fühlte mich leicht wie nach einer guten Tat.

»Dosenfutter«, sagte Frau Hauenstein zu der Konservenmakrele. »Bin doch keine Katze!« Trotzdem machte sie sich keuchend auf den Weg zum Schrank mit den Jazzplatten. Bevor sie die Türen öffnete, fiel ihr ein, dass ihr Charles 1959 einmal mit Chet Baker zusammen gespielt hatte, in Frankfurt am Main war das gewesen.

»Ich saß in der ersten Reihe, Schuhe mit Absätzen so hoch wie der Kölner Dom. Nach dem Konzert sind wir gemeinsam ausgegangen. Ein wahnsinnig lieber Mensch. Chet, nicht Charles!«

»Chet Baker?«, fragte ich ungläubig. »Sind Sie sich da wirklich ganz sicher?«

»Adolf Hitler war es jedenfalls nicht, der da *My Funny Valentine* auf der Trompete gespielt hat.« Frau Hauenstein zielte mit der Spitze ihres Stocks auf mich. »Du hältst mich wohl für eine völlig verblödete alte Tante, was?«

Ich verneinte. Danach entstand eine böse Pause, bis Frau Hauenstein sagte: »Freundchen, ich fürchte, du hast heute zum letzten Mal für mich einkaufen dürfen.«

Ich bat sie, gnädig zu sein und mir außerdem beim nächsten Mal mehr von Chet Baker zu erzählen. Ich sei jetzt in Eile. Ich schlich die Treppe runter, aber nachdem ich fünf oder sechs Stufen geschafft hatte, kam Tom aus seiner Wohnung. Er pfiff ein Liedchen und hatte alles dabei, was man zum Autowaschen braucht.

»Gut, dass ich dich treffe«, sagte er. »Ich hab zwei Karten organisiert für das Match nächsten Freitag!«

»Toll, ich freu mich«, antwortete ich. »Riesig.«

Tom ließ mir höflich den Vortritt und kam mit Wasserschlauch und Putzzeug hinter mir her.

»Übrigens«, sagte er, »das mit eurer Tochter tut mir leid. Heike natürlich auch. Wie ist es denn passiert?«

»Autounfall.« Ich räusperte mich. »Und wie stehn die Chancen am Freitag?«

Die Frühstücksgäste hatten sich verabschiedet, aber ihre Tassen, Messer, Krümelteller waren noch da, die Luft roch noch süßlich nach ihrem Rasierwasser und Geschwätz. Betty räumte übrig gebliebene Brötchen weg und sprach davon, dass wir in diesem Jahr Weihnachten nicht feiern würden. »Aber du musst nicht traurig sein«, sagte sie zu Michelle. »Geschenke bekommst du natürlich. Am 28. Dezember oder Anfang Januar. Wann du willst.«

»Ich will meine Weihnachtsgeschenke aber Weihnachten kriegen«, sagte Michelle. »Wie alle anderen auch!«

»Das geht aber nicht«, sagte Betty und lächelte um Verständnis.

»Und warum geht das nicht?«, schrie Michelle. »Weil du blöde Tussi jetzt in so einer scheiß beschissenen Sekte bist?«

Da schlug Betty Michelle ins Gesicht, so heftig und zielgenau, als hätte mein zweiter Vater ihr das beigebracht.

10

Sechs Tage später, am Freitag, dem zwölften Dezember gegen fünfzehn Uhr, war ich auf dem Weg zum Kinderheim. Im Autoradio eine Sendung über den 1953 an einem Schlaganfall gestorbenen Gitarristen Django Reinhardt. »Der Sohn französischsprachiger Sinti entwickelte wegen seiner bei einem traumatischen Wohnwagenbrand verkrüppelten linken Hand eine völlig neue Spieltechnik«, sagte die Sprecherin. »Hören Sie den Meister der Improvisation zusammen mit Stéphane Grappelli, Coleman Hawkins und Benny Carter in der Nummer *Honeysuckle Rose* aus dem Jahr 1937.«

Als ich im zweiten Schuljahr war, interessierte ich mich nicht für Jazz, sah aber zum ersten Mal Zigeuner. Zwei Polizeiwagen waren morgens kurz nach Unterrichtsbeginn auf den Schulhof gefahren. Wir sprangen auf, liefen ans Fenster. Vier Polizisten führten sechs Kinder in unser Klassenzimmer. Die Lehrerin sagte, es gebe keine freien Stühle. Die Zigeuner mussten sich auf den Fußboden setzen.

»Und was soll ich denen bitte schön in Heimatkunde beibringen?«, fragte die Lehrerin. »Die haben doch keine Heimat!«

Wir lachten.

Ein Polizist antwortete: »Wir tun auch bloß unsere Pflicht.«

Die Neuen hatten eine braune Haut, waren kleiner und schmächtiger als wir. Sie redeten gebrochen, aber fließend. Zwei Mädchen waren auch dabei. Die hatten große rote Schleifen in den schwarzen Haaren. Wer gedacht hatte, leichtes Spiel mit denen zu haben, die Schleifen wegziehen und in den Dreck schmeißen zu können, zahlte für seinen Irrtum mit einer blutigen Lippe.

Von unserem Taschengeld kauften wir Nacktfotos, mit denen die Zigeunerjungen handelten, ohne rot zu werden. In Wohnwagen auf dem Kirmesplatz am Rand des Orts hausten sie. Die Männer, Teppichhändler, hatten Gold auch an den Ohren und fuhren Mercedes. Als Leute im Ort ihren Pudel vermissten, hieß es, die Zigeuner hätten ihn eingefangen und aufgefressen. Die Polizei durchsuchte das Lager, fand aber keine Spuren.

Die Freiwillige Feuerwehr musste eine wichtige Brandschutzübung auf dem Kirmesplatz abhalten, doch die Zigeuner weigerten sich abzureisen. Da rückte die Polizei wieder an, mit Verstärkung aus dem Nachbarort. Zwei Tage, nachdem die Wagen weg waren und niemand in unserer Klasse mehr auf dem Fußboden sitzen musste, kam der Pudel abgekämpft nach Hause.

»Django Reinhardt, der aufgrund glücklicher Umstände nicht ins Konzentrationslager gekommen ist, trat unter anderem mit Jazzgrößen wie Duke Ellington und Dizzy Gillespie auf«, sagte die Sprecherin. »Er war erst dreiundvierzig Jahre, als er starb. Hören Sie jetzt den *Tiger Rag.*«

Ich bog auf den Parkplatz vor dem Kinderheim ein. Eine Krähe hackte ihren Schnabel in einen erfrorenen Vogel. An den Bäumen hing Lametta aus Eis.

Mein zweites Zigeunererlebnis hatte ich mit elf. Ich war in einem Zeitschriftenladen beim Klauen der *BRAVO* erwischt worden. Die Polizei brachte mich nach Hause. Nach ein paar Ohrfeigen verfrachtete mich mein zweiter Vater in seinen Opel. Während der Fahrt wurde kein einziges Wort gesprochen. Wir fuhren bis kurz vor die nächste Stadt, wo Männer mit Schaufel und Hacke Straßengräben aushoben. Karl-Heinz II., jetzt wieder gesprächig, nannte sie Diebe und Mörder. Wächter mit Gewehren und langen Schlagstöcken passten auf, dass niemand abhaute. Die Sträflinge trugen blaue Arbeitsanzüge, keine gestreiften wie in den Filmen und Comicheften. Anscheinend hatten die Verbrecher Sprech- und Lachverbot.

»Alles Zigeuner!«, sagte mein zweiter Vater, dabei traten seine Halsvenen hervor. »Willst du auch so einer werden, du Dieb?«

Ich schwieg.

»Antworte!«

Ich sah auf einen Blick, dass die Verbrecher keine Zigeuner waren. Viele waren blond und alle blass oder rot im Gesicht. Nirgendwo ein Ohrring. Ich sagte: »Stimmt nicht, das sind gar keine Zigeuner!« Das war ein Fehler, den ich sofort zu spüren bekam.

Mein Nasenbein war gebrochen. Im Krankenhaus musste ich sagen, ich sei mit dem Fahrrad blind gegen einen Laternenpfahl gekracht, weil mir eine kleine Fliege ins Auge geflogen sei.

Die Fensterscheiben meines Wagens fingen an zu vereisen. Es war fast halb vier. Die beiden anderen Kinder, die ich jeden Freitag aus dem Heim hüpfen sah, waren längst von ihren Wochenendeltern abgeholt worden.

In der Eingangshalle hing ein großer Adventskranz. Er schaukelte im Durchzug. Ein Langhaariger mit Stirnband schien für eine Neuverfilmung von *Hair* zu trainieren: arrogant schlurfende Schritte, hängende Schultern. Es roch nach Tomatensoße mit Oregano. Am Kicker lehnte ein Schwarzer, die Baseballkappe tief ins Gesicht gezogen. Er grüßte mich und fragte, wie es mir gehe. Ein paar Wochen zuvor hatte er mir erzählt, dass er bloß Drummer in einer Band sei. Gitarristen hätten es viel leichter bei Mädchen.

Frau Breuer kam mir entgegen. Sie griff sich an die Haare, lächelte vage.

»Ist was mit Maya?«, fragte ich. »Warum kommt sie nicht? Ist sie krank?«

»Maya?«

»Michelle«, korrigierte ich mich.

»Es geht Michelle ganz gut«, sagte die Heimleiterin zögernd.

Wir gingen in ihr Büro. Sterne aus Gold- und Silberpapier klebten auf dem Fensterglas. Die Espressomaschine blieb kalt. Weil Frau Breuer sich nicht setzte, blieb auch ich stehen.

»Was ist mit Michelle? Ich warte seit einer halben Stunde auf sie! Sie möchte übrigens ganz zu uns ziehen.«

Frau Breuer holte tief Luft. Sie musterte mich wie eine Nervenärztin den neu eingelieferten Patienten, der wegen Kannibalismus aufgefallen war.

»Michelle wird keine Sekunde mehr bei Ihnen verbringen! Seien Sie froh, wenn wir Ihre Frau nicht wegen Kindesmisshandlung anzeigen!«

Die Heimleiterin kickte eine auf dem Boden liegende Apfelsinenschale weg.

»Und Ihnen habe ich vertraut! Mich für Sie eingesetzt, sogar meinen Job riskiert, weil Sie mir leidtaten!«

Eine Zikadenarmee zirpte und zischelte in meinen Ohren. Ich wagte nicht zu fragen, worin das Risiko für ihren Job bestanden hatte. Ich starrte die Wand hinter Frau Breuer an, als sei dort die Antwort auf meine Frage zu finden. Der schwarz-gelbe Fußballwimpel unter dem Henri-Matisse-Plakat. In Toms Wohnzimmer hing genau so einer.

11

Gleich zu Beginn, in der zweiten Spielminute, traf ein schwarz-gelber Spieler krachend den Pfosten des gegnerischen Tors.

»Fulminant«, sagte ich.

»Kannst ruhig Deutsch sprechen, bist hier nicht in der Uni«, antwortete Tom, irgendwie verärgert und ohne mich anzusehen. Schon auf der Fahrt zum Stadion war er einsilbig und abweisend gewesen.

Die Flutlichtmasten glühten. Der Ball flog hin und her, zwanzigtausend Zuschauer schrien, gebannt vom Auf und Ab, Kreuz und Quer, von dieser monströsen, sinnlosen Choreografie. Es stand 0:0, trister Haferflockenschnee fiel. Die Spieler der Heimmannschaft warben auf ihrem Trikot für einen Versicherungskonzern, die Gäste für einen Getränkehersteller. Obwohl ich schon zwei Becher Glühwein getrunken hatte, war mir kalt. Mir fehlte der Blick für taktische Finessen, gewitztes Stellungsspiel. Das Studieren einer Fußballtabelle war für mich nie eine erotische Handlung gewesen. Aber ich gab mir Mühe, mich für Toms Klub zu begeistern. Tom dankte es mir nicht. Er verfolgte das Geschehen wie ein Operettenliebhaber, der in ein Free-Jazz-Konzert geraten war und außerdem unter starken Zahnschmerzen litt. Ich nahm mein Handy, wählte Gersters Nummer, aber er meldete sich wieder nicht, seine Mailbox war tot. Ich sah zur Stadionuhr, auf den trägen Minutenzeiger. Tom schwieg.

»Ist irgendwas?«, fragte ich ihn.

Er schien auf diese Frage gewartet zu haben. »Allerdings ist irgendwas«, antwortete er, jede Silbe betonend. Dabei starrte er den Flutlichtmast gegenüber an. »Am liebsten hätte ich die Eintrittskarten für das Spiel zerrissen!«

»Warum?«, fragte ich fast ängstlich.

»Tu nicht so unschuldig«, sagte Tom. Seine Stimme zitterte vor Wut. »Du bist gesehn worden, wie du bei diesen dreckigen Hundehassern unterschrieben hast. Heike musste weinen, weil sie so enttäuscht von dir ist!«

»Wer will mich denn gesehn haben?«, fragte ich lahm.

»Bin doch kein Verräter wie du«, antwortete Tom. Er putzte sich die Nase, kontrollierte den Sitz seiner Mütze. »Aber gut«, sagte er. »Wenn du dich bei uns entschuldigst, belasse ich's bei 'ner gelben Karte.«

Der Schiedsrichter pfiff, die Zuschauer pfiffen ihn aus. Tom schwieg. Ich sah zur Stadionuhr. Der Schneefall ließ nach. Ich wählte noch einmal Gersters Nummer, wieder nichts.

»Hast du eigentlich mal Fußball gespielt?«, sagte Tom so plötzlich, dass ich erschrak. »Im Verein, mein ich. Inter Mailand, Manchester United oder so.«

Er lächelte versöhnlich.

»Rhenania 1912«, antwortete ich froh. »Reservemannschaft. Der Ball war immer mein Feind. Bis auf ein einziges Mal …«

»Mach's nicht so spannend«, sagte Tom.

Und dann erzählte ich ihm die Geschichte meines größten fußballerischen Erfolgs.

Ich war nie zum Training gegangen, doch der Trainer hatte immer zu mir gehalten. Sein größtes sportliches Problem war nicht das Yoyo zwischen vorletztem und letztem Tabellenplatz, sondern elf Spieler zusammenzubekommen. Wenn sich an einem Sonntagmorgen mal wieder nur sieben oder acht Mann auf dem Parkplatz vor dem Vereinsheim lümmelten, setzte er sich in den von seiner achtzehnjährigen Tochter Regina gesteuerten, gleichaltrigen VW und begann mit dem, was er Lumpen sammeln nannte.

Regina und ihre kurzen Röcke waren für mich der einzige Grund, mein warmes Bett zu verlassen. Doch an diesem Maimorgen versteckte sie ihre filmreifen Beine in einer Jeans, die blauen Augen hinter einer Sonnenbrille.

Ich zwängte mich zwischen zwei Schlafende auf den Rücksitz. Rechts neben mir unser Torwart, den der Trainer nach der Nachtschicht im Stahlwerk eingefangen hatte, links unser ehemaliger Torwart, der nach einer langen Pannenserie ins Mittelfeld strafversetzt worden war. Er roch nach Kneipe und Schlimmerem. Regina sorgte für Durchzug. Ich versuchte, ein Gespräch mit ihr anzufangen, aber meine Mitspieler erschwerten die Verständigung, indem sie schnarchten wie erkältete Nashörner. Der Trainer, auf dem Beifahrersitz über das Blatt mit der Mannschaftsaufstellung gebeugt, diskutierte mit sich über die richtige Strategie. Immer wieder lüftete er nervös seine Kappe. Ich hörte Regina beim Schweigen zu.

Bis zum Aschenplatz von Grenzwacht 08, der dicht an der belgischen Grenze lag, waren es siebzehn enttäuschende, qualvolle Kilometer. Endlich angekommen, lachte uns der gegnerische Platzwart aus. Das Spiel sei für vierzehn Uhr angesetzt, nicht für elf. »Nicht unser Fehler«, rief er. »Da hat einer von euch gepennt!«

Regina war schon zurückgefahren. Auch die Spielerfrau, die den Rest der Mannschaft in einem Kleinbus chauffiert hatte, war weg. Flüche und Rufe nach dem Schuldigen wurden laut.

Der Platzwart empfahl ein Lokal mit Namen *Hirsch-*

burg. »Den Weg hier runter und dann links. Einen Sauerbraten machen die da, Weltrekord!«

»Mit Sauerbraten kannst du mich jagen«, sagte unser Trainer. »Aber ich hab Verwandtschaft hier. Dann fall ich denen eben bis kurz vor zwei zur Last.«

Bevor er sich mit weit ausholenden Schritten zu seinem Besuch aufmachte, äußerte er Zuversicht: »Jungens, glaubt an euch, die Punkte haben wir im Sack!« Und er gab ein paar Anweisungen – nur Mineralwasser; wenn Sauerbraten, dann nur eine kleine Portion; Warmlaufen und Schussübungen ab halb zwei, und kein Fraternisieren mit dem Gegner und seinem asozialen Anhang.

An den Wänden der *Hirschburg* hing ein Geweih neben dem anderen, die Beute eines Massenmörders. Sauerbratenduft machte sich breit wie Weihrauch in der Kirche. Der Frühschoppen war in vollem Gange. Die zechenden Grenzer musterten uns, als hätten wir eine kriegsauslösende Grenzverletzung begangen. Aber die Kellnerin war hübsch und handfest. Sie rückte zwei Tische zusammen, machte Platz für unsere Sporttaschen. »So«, sagte sie dann. »Was darf ich den Herren bringen?«

Um die zwanzigste Spielminute herum war unser Trainer von seiner harten Bank aufgestanden und seitdem nicht mehr gesehen worden. Die gegnerische Mannschaft, eine Mischung aus rotgesichtigen Bauern und derben Tretern mit der Statur von Türstehern und Metzgergesellen, kämpfte wie Partisanen gegen Besatzer. Sie und auch das knappe Dutzend Zuschauer knieten sich rein, als hätten wir ihre Biervorräte vernichtet, Konten geplündert, Frauen und Töchter geschändet. Wir dagegen litten nicht nur an der üblichen Konditionsschwäche, sondern auch unter Gleichgewichtsstörungen, Doppelsichtigkeit und permanentem Harndrang. Der gegnerische Torwart hätte den Nachmittag sinnvoller gestalten können. Kurz vor Abpfiff verließ er seinen Kasten, um auch ein Tor zu schießen, aus dem 19:0 ein 20:0 zu machen.

Ich erschrak, als mir der Ball vor die Füße fiel. 89 Minuten lang waren wir uns erfolgreich aus dem Weg gegangen. Da sah ich meinen zweiten Vater am Spielfeldrand stehen, Bierdose in der Hand, müdes Grinsen im Gesicht. 0:20 gegen mich, wie immer! Alles lief nach Plan. Aber dann traf ich den Ball mit der vereinten Wucht von Panik und zwei Promille. Er flog und flog, fünfzig, sechzig, fünfundsechzig Meter weit. Er landete im gegnerischen Strafraum, sprang ein paar Mal auf, kullerte und hoppelte schließlich wie von Geisterhand bewegt über die weiße Linie. Tor des Tages, des Monats, des Jahres! Und Karl-Heinz II., dem die Bierdose aus der Hand gefallen war. Die Grenzwacht-Spieler knöpften sich ihren Torwart vor, ihr Trainer brach sich, wie wir später hörten, eine Zehe beim jähzornigen Tritt gegen eine Reklametafel. Ich wurde getragen von einem Hochgefühl auf den gefährlich schwankenden Schultern eines Mannschaftskameraden. »So was nennt man wohl einen Befreiungsschlag«, sagte unser plötzlich wieder aufgetauchter Trainer. Wir hatten natürlich keinen Sekt dabei, aber es gab ja noch die *Hirschburg* …

Tom unterbrach mich.

»Nettes Geschichtchen«, sagte er und blätterte gelangweilt in der Stadionzeitung. »Aber was soll das Gefasel von dem zweiten Papi? Ach, egal«. Die gute Laune, in die ich mich hineingeredet hatte, zerbrach.

Kurz vor der Halbzeitpause Elfmeter für die Gastmannschaft. Tom verzog leidenschaftslos den Mund.

»Ich hol uns noch 'nen Glühwein«, sagte er.

»Ausgerechnet jetzt?«, fragte ich.

Tom grinste, anscheinend hatte ich etwas Dämliches gesagt.

»Jetzt wollen doch alle den Elfer sehen, da ist der Andrang an der Bierbude nicht so groß«, antwortete er.

»Klar, natürlich«, sagte ich.

Schuss in die linke Ecke, der Torwart hatte auf die rechte spekuliert. Bierbecher, Feuerzeuge und Sitzkissen flogen auf den Platz. Dazu Nebel von Rauchbomben. Der Stadionsprecher appellierte an Ehre und Vernunft, drohte mit Abbruch. Polizisten im Laufschritt.

Ordner reichten dem Schiedsrichter einen großen Regenschirm. Ein Weihnachtsmann stapfte zum Mittelkreis, wo er beruhigende Worte in ein knatterndes Mikrofon sprach. Wegen des Rauchs musste er husten. Schließlich sang er die Vereinshymne. Seine Gehilfen warfen Geschenke wie Handgranaten ins Publikum.

Vier Reihen vor mir saß Frau Breuer. Neben ihr der Hippie, der schwarze Drummer, zwei Mädchen, die ich nicht kannte, und ein Begleiter, wahrscheinlich ein Zivi, der der Heimleiterin schöne Augen machte. Alle trugen schwarz-gelbe Mützen und Schals. Michelle war nicht dabei, sie interessierte sich nicht für Fußball.

Dann war Tom zurück, ziemlich spät, die zweite Hälfte lief schon seit einer Viertelstunde. Er strahlte, als führte seine Mannschaft uneinholbar. »Hab Vanessa getroffen, 'ne frühere Freundin von mir. Die arbeitet in einer der Bierbuden. Na ja, das Wiedersehen musste begossen werden! Und das hier hat sie uns ausgegeben!« Unsicher jonglierte er ein Tablett mit vier Bechern. »Wodka mit Glühwein!«

Ich griff gierig zu, verbrannte mir Zunge und Hals.

»Dröhnt ganz schön, das Zeug, was!«, sagte Tom glücklich.

Das 0:2 fiel.

»Vanessa ist meine Ex«, sagte Tom. »Oder hab ich das schon gesagt?«

»Wer?«, fragte ich.

»Es wär schön gewesen mit uns, damals, hat Vanessa gesagt – he, wo willst du denn hin?«

Mein Herz schlug. Die Zuschauer schrien die Insekten in meinen Ohren nieder. Ein Dicker rempelte mich an, ich schaffte es aber, den Glühwein unbeschadet bis zu Frau Breuer zu tragen.

»Für Sie«, sagte ich und hielt ihr den Becher hin. »Tut gut bei der Kälte. Und wollen Sie sich die Sache nicht noch mal überlegen? Michelle fühlt sich doch sehr wohl bei uns! Das haben Sie neulich selbst gesagt!«

Durch ein Lächeln versuchte ich wettzumachen, dass meine Zunge über die Wörter gestolpert war. Frau Breuer schaute angestrengt auf das Spielfeld.

»Bitte«, sagte ich, Tränen schossen mir in die Augen. »Ich verspreche Ihnen auch, dass so was nie mehr passieren wird.«

»Verschwinden Sie mit Ihrem furchtbaren Gesöff!«, sagte die Heimleiterin. »Und machen Sie eine Therapie!«

Der Hippie und der schwarze Drummer lachten. Der Zivi kam auf mich zu und packte mich am Mantel. »Machst du Ärger?«, schrie er. »Machst du Ärger, du Heulsuse?«

Leute, die ich nicht kannte, schüttelten und umarmten mich plötzlich, schrien mich freudig an. Offenbar war ein Tor für die Heimmannschaft gefallen. Ich weiß nicht mehr, ob es die Wut war oder ob ich das Gleichgewicht verlor, jedenfalls goss ich das heiße Getränk in Frau Breuers Gesicht.

Lange nach dem Schlusspfiff, den wir nicht abgewartet hatten, landeten Tom und ich in einer verlebten, qualmigen Kneipe in der Nähe des Autostrichs. *Flotte Theke* hieß die. Wir setzten uns an einen rustikalen Tisch. Überrumpelt vom Alkohol, versank ich in einem Nebel aus obszönem Gelächter und Gebrüll. Es war drückend warm.

»Ich trink sonst nie«, sagte Tom. »Hasse das eigentlich. Mein Alter hat immer gesoffen, dabei seinen Rock 'n' Roll gehört. Wenn ich mich wegen dem Krach beschwerte, gab's Prügel.«

»Ich kenn das, das kenn ich auch!«, rief ich und legte eine Hand auf Toms Unterarm, drückte freundschaftlich zu.

»War schon okay«, sagte Tom und schob meine Hand weg. »So hab ich früh gelernt, mir nichts gefallen zu lassen. Wer Krieg mit mir haben will, kann ihn gern haben.«

Die Wirtin hatte eine Haut wie ein Brathähnchen und eine Vorliebe für deutsche Schlager aus der frühen Helmut-Schmidt-Ära. Spielautomaten und die Weihnachtsdekoration glitzerten und flimmerten. Das Klappern des Tischfußballs in den Pausen zwischen den Musiktiteln. Ich zog an einer Zigarette, obwohl ich mir das Rauchen vor zwanzig Jahren abgewöhnt hatte. »London«, sagte ich, und dann wusste ich nicht weiter. Tom tätschelte sein Bierglas, inspizierte den Inhalt. Eine Frau mit knittrigem Lächeln und großem Dekolleté setzte sich auf meinen Schoß. Sie wollte mir die Zukunft aus der Hand lesen.

»Herrenabend, verpiss dich«, sagte Tom.

»Vulgärer Kerl!«, rief die Frau. »Von dir lass ich mir nichts sagen.

»Ich zähl bis drei«, sagte Tom. »Bei drei Intensivstation.«

Er baute sich drohend auf. Vicky Leandros sang *Theo, wir fahrn nach Lodz.*

Ich ging aufs Klo. Der Mann neben mir pisste sich auf die Schuhe. »Entschuldigung«, sagte er, und dass er mal sieben Semester Medizin studiert habe. Als ich zurück an unseren Tisch kam, steckte Tom gerade sein Handy weg. Jemand fragte, wie das Spiel ausgegangen sei. Ich wusste es nicht. Weil in meinen Bauch kein Bier mehr passte, nahm ich einen Schnaps. Die Frau mit dem Dekolleté bestellte ein Taxi. »Komm doch mit«, sagte sie.

Tom aß eine Frikadelle mit viel Senf. Mit verschwommenem Blick fing er wieder von Vanessa an. Ich hörte seine Stimme wie von fern.

»War vielleicht ein Fehler, dass ich sie hab sausen lassen. Heike ist unten nämlich zu weit gebaut. Ich komm damit nicht klar. Da ist keine Reibung, verstehst du? Sie meint, ich wär impotent, dabei ist sie schuld. Aber sagen kann ich ihr das natürlich nicht.«

Tom stieß sein Bierglas um. Er wischte die Scherben weg, ohne sich zu verletzen. Das Lachen der Wirtin endete in einem Raucherhusten. Meine Augen tränten vor Müdigkeit und Kopfschmerzen. Peter Maffay sang *Und es war Sommer,* als Gitta reinkam.

»Das ist ja ein Zufall!«, rief sie. Sie drückte sich an mich, überwältigte mich mit einem Kuss. Sie sah umwerfend aus in ihrem weißen Pelzmantel, aufsehenerregend wie ein Popstar.

12

Das Lachen der anderen hatte Paul und mich zusammengebracht. Zu Beginn des Schuljahrs, meinem ersten auf dem Gymnasium, las der Klassenlehrer die Namen der Schüler in alphabetischer Reihenfolge vor, außerdem ihr Geburtsdatum und den Beruf des Vaters. Mein zweiter Vater war Alleskönner, der Klassenlehrer las aber: Maurer. Die neuen Klassenkameraden, Söhne von Ärzten, Rechtsanwälten und Betriebsleitern, lachten, als sei Maurer so was Ähnliches wie Klomann oder Ziegenmelker. Als Paul drankam, blieb alles still, sein Vater war Geschäftsmann, Inhaber eines Zeitschriftenladens. Doch es dauerte nicht lange, da wussten alle, was mit dem Laden und dem Vater los war und lachten nun auch Paul aus.

Im Schaufenster hing ein großes Plakat, darauf stand: *Kein Verkauf von Tabakwaren an Frauen!* »Jeden Morgen, wenn die Zeitungen und Zeitschriften angeliefert werden«, sagte Paul, »sortiert mein Vater die aus, wo vorne Frauen im Badeanzug drauf sind.« Kein Verkauf an Frauen und Männer. »Deshalb verdient mein Vater auch nicht viel. Der Bodensee oder Italien sind in den Sommerferien nicht drin.«

Paul durfte nicht am Religionsunterricht und an der Schulmesse teilnehmen, weil er und seine Eltern bei den Zeugen waren. Aber ich beneidete ihn nicht, denn er musste dann im Kabuff des Hausmeisters sitzen, Aufsätze schreiben, Mathematikaufgaben lösen und sich vom Hausmeister, dem er im Weg war, anschnauzen lassen. Bevor die Weihnachtsfeier begann, holte sein Vater ihn persönlich ab, und Geburtstag gab es für Paul auch nicht. Aber außer mir wäre sowieso niemand gekommen.

Einer aus der Oberstufe hatte mir im Schulbus gegenübergesessen und lässig blätternd in der *BRAVO* gelesen. Auf der Titelseite war ein Foto von Ringo, darunter stand in großen Buchstaben, dass er in Gefahr sei. Ich fragte, was Ringo für Probleme habe, aber der aus der Oberstufe zog bloß die Nase hoch. Ich erzählte Paul von Ringos Schwierigkeiten. Er kannte Beethoven besser als die Beatles, schlug aber vor, ich könne den Bericht kostenlos im Laden seines Vaters lesen. Das reichte mir nicht, ich wollte das Heft besitzen, mit Leichtigkeit im Schulbus darin blättern, es unter dem Arm durch die Stadt tragen, und zwar so, dass jeder den Namen *BRAVO* lesen konnte. *Über 1,1 Millionen Druckauflage,* stand auf dem Titelbild mit dem lässig rauchenden

Ringo. Nur *ich* konnte mir das Heft nicht leisten. Wegen einer Sechs in Mathe hatte ich kein Taschengeld, aber einen Plan.

»Satan wird uns holen«, sagte Paul. »Und dann müssen wir ewig brennen. Weißt du, wie weh das tut?«

Ich fragte: »Bin ich dein Freund – oder nicht?«

Obwohl sein Vater einen Vollbart trug, rochen er und sein Laden nach gruftigem Aftershave. Paul lenkte seinen Vater ab, indem er ihm seine Lateinarbeit zeigte, ihm einen Kugelschreiber reichte und ihn bat, seine Unterschrift unter die Note zu setzen. Zeit genug für mich, die *BRAVO* in meine Schultasche zu schieben.

Aber Pauls Vater war misstrauisch und hatte gute Augen. Ich würde nie erfahren, in welchem Schlamassel Ringo steckte. Der Ladenbesitzer schloss die Tür ab, damit keiner von uns abhauen konnte. Er ohrfeigte Paul viermal, wortlos, fast heiter, wie ein Arzt, der einem Kranken wehtun muss, um ihn zu heilen. Dann rief er die Polizei. Er verpfiff nicht nur mich, sondern auch seinen eigenen Sohn. Er forderte die Polizisten sogar auf, Paul mitzunehmen.

»Das ist doch alles erlogen«, sagte Betty. »Ein Glaubensbruder würde streng, aber nie *so* reagieren!«

»Glaubensbruder!«, sagte ich so verächtlich wie möglich.

Wir schwiegen. Ich unterdrückte ein Husten. Der Wecker tickte. In der Wohnung über uns bellte einer der Hunde kurz auf. Früher hatte Betty immer nackt geschlafen, egal zu welcher Jahreszeit.

»Hast du Gerster angerufen?«, fragte sie.

»Ich hab's versucht, kann ihn aber nicht erreichen.«

»Du lügst doch schon wieder!«

Betty nahm ihr Kopfkissen und ihre Bettdecke. Türen schlagend verließ sie das Schlafzimmer.

Ich warf mich im Bett hin und her. Beide Hunde bellten jetzt ununterbrochen. Ich sprang aus dem Bett, zog Hemd und Hose an. Im Treppenhaus nichts Auffälliges. Ich lief barfuß hoch bis vor Frau Hauensteins Wohnungstür. Keine Flammen, kein Brandgeruch, nicht mal lautes Fernsehen, aber es stank wie in einem Raucherclub. Jemand hatte hundert oder mehr Zigarettenkippen und kalte Asche auf und neben Frau Hauensteins Fußmatte verstreut.

Am nächsten Vormittag war Frau Hauenstein angezogen wie für einen Gerichtstermin. Dunkler Hosenanzug mit Nadelstreifen, flache schwarze Schuhe. Blasser Lippenstift. Sie zitterte, als sie eine neue Zigarettenpackung aufriss, sich Feuer geben ließ. Cognac tropfte auf Tisch und Teppich, als sie unsere leeren Gläser wieder füllte. Frau Hauenstein wollte nichts wissen von dem

Anschlag vor ihrer Wohnungstür. Sie hatte ein viel größeres Problem. Sie erwartete eine Pflegerin. Ihre Tochter hatte ihr das eingebrockt.

»Bin doch kein Pflegefall! Bin ich ein Pflegefall?«

Ich schüttelte den Kopf.

»Gaby ist ein bisschen jünger als du«, sagte Frau Hauenstein, während sie ihre Bestellungen aus zwei Taschen zerrte, Zigaretten, Toastbrot, Fernsehzeitung, Trüffelleberwurst, Ravioli, Pillen gegen Völlegefühl. Draußen wischte Regen den Schnee weg. Die Weihnachtsmarktbuden waren noch nicht geöffnet, aber Busse mit Tagestouristen verstopften schon die Straßen.

Frau Hauenstein unterbrach das Auspacken, wühlte nun in einer Schublade herum. Briefe, ein Seidenschal, Zigarettenasche fielen auf den Boden. Frau Hauenstein fluchte. Dann lachte sie plötzlich böse und präsentierte mir ein Foto.

»Hübsch, nicht?«

Ich nickte. Ein Hippie-Girl um die zwanzig, blondes, durchtrieben unschuldiges Lächeln. Die junge Jane Fonda.

»Abtreibung mit siebzehn«, sagte Frau Hauenstein. »Kurz darauf Rauschgift. Ich hatte die Polizei in der Wohnung. Die haben alles auseinandergenommen. Mein Sofa aufgeschlitzt, in meiner Unterwäsche gewühlt. Gaby ist von der Schule geflogen, ein Jahr vor dem Abitur. Ihr neuer Freund war zwanzig Jahre älter, dem gehörten ein roter Porsche und ein Bumslokal. Als der sie abservierte, ist sie nach Indien und Nepal. Ein einziger Anruf in zwei Jahren, aber nur, weil sie Geld für den Rückflug gebraucht hat.«

Frau Hauenstein hatte sich in Rage geredet. Sie inhalierte ein Drittel ihrer Zigarette, nahm einen kleinen Schluck Cognac.

»Bis dahin war Gaby ganz die Tochter ihres Vaters«, sagte sie.

»Charles, der mit dem Bass«, sagte ich.

»Quatsch«, sagte Frau Hauenstein und strafte mich mit einem Blick für Begriffsstutzige. »Doch nicht Charles, diese Niete – Chet!«

»Chet? Chet Baker?«, rief ich. »Aber neulich haben Sie doch gesagt –«

»Na und!« Frau Hauenstein kreischte fast. »Ist schließlich meine Privatsache!« Sie hustete. »Jedenfalls ist Gaby heute nicht mehr Chets Tochter, sondern in der FDP. Ihr Mann hat eine Putzfirma. Hungerlöhne zahlt der. Jetzt will meine Tochter mich auch noch wegputzen, mich entmündigen lassen wie eine Irre!« Und dann, atemlos: »Aber die wird sich noch wundern. Ich hau ab nach Venedig!«

Es läutete.

»Aha«, rief Frau Hauenstein, »aha!«

Beim dritten Versuch schaffte sie es, aus ihrem Sessel hochzukommen. Ihre nervösen Finger zerbröselten eine Zigarette. Auf halber Strecke zur Wohnungstür hielt sie inne. Sie warf ihren Stock weg, straffte sich. Sie ging weiter, ohne zu keuchen, mit kleinen, aber sicheren Schritten, beinahe leichtfüßig.

Eine Frau mit einer leisen, angenehmen Stimme bat um Einlass. »Weg hier, Flittchen, weg!«, schrie Frau Hauenstein. Sie schlug die Tür zu, kam langsam wie eine Hundertjährige zu ihrem Sessel zurück. Sie wollte mir ihre neue Bestellliste reichen, aber ihre Hände zitterten so stark, dass ihr das Blatt Papier entglitt.

Im Treppenhaus fahles Winterlicht. Heike drückte auf den Lichtschalter und kehrte angestrengt weiter. Ich steckte Frau Hauensteins Zettel in meine Hosentasche. Heike und ihr Besen versperrten mir den Weg.

»Muss das eigentlich sein?«, sagte sie und sah an mir vorbei.

»Was meinst du denn?«, fragte ich mit einem Vorgefühl von Atemnot.

»Das weißt du ganz genau«, sagte Heike. Sie roch nach parfümiertem Waschmittel. »Und entschuldigt hast du dich auch noch nicht bei mir wegen der Sache mit den Hundehassern!«

Da kam Tom die Treppe hoch. Er schleppte eine große

Lautsprecherbox. »Hab mir 'ne Anlage gekauft. Secondhand, aber volle Power!«

Ich quetschte mich an Heike und ihrem Besen vorbei. Jetzt war Tom das Hindernis. Er grinste breit. »Na, wie lange habt ihr beiden Turteltäubchen es denn noch getrieben?«

»Getrieben? Wer?«, fragte ich blöde und spürte, wie ich rot wurde. Ich war froh, dass das Treppenhauslicht ausging. Tom in Gegenwart von Heike zu fragen, wie es denn so mit Bierbuden-Vanessa laufe, fehlte mir der Mut.

Tom schaltete das Licht wieder ein. »Na, du und Gitta, vorgestern Nacht! Oder hast du 'nen Blackout vom Saufen?«

Sein Kampfanzug roch immer noch nach der *Flotten Theke.*

Dort hatte es Gitta, nachdem Tom abrupt verschwunden war, keine Minute länger ausgehalten. Wir fuhren in ihrem Mini Cooper zu einem Lokal in Silber und Schwarz, wo man nicht auf seine Schuhe pisste oder Konkurs für seine Leber anmeldete. Wir stellten uns an die Bar. Kaum hatte sich Gitta aus ihrem Mantel geschält, tänzelten, wirbelten, segelten gleich zwei Kellner um sie herum, außerdem ein hübscher Südländer, dreißig Jahre jünger als ich. Gitta verscheuchte sie wie Lakaien. Sie legte den Kopf schief, sah mich unbefangen an. Ihr Dekolleté war ein großes Versprechen. Sie roch nach Frühling, leicht orientalisch. Ich hätte gern an ihren zierlichen Ohrmuscheln gelutscht.

»Stell dir vor, ich hab die Stelle in der Klinik!«, sagte sie.

Ich nahm ihre Hand, streichelte sie. Ich dachte an das nackte Hüpfen und bestellte zwei Gläser Champagner. Ich hatte wieder Durst. Die Gläser waren schnell leer, meine Kopfschmerzen schrumpften von Elefanten- auf Mückengröße, meine Müdigkeit schlief ein. Gitta winkte nach einer ganzen Flasche, zur Feier des Tages. Sie fragte, was ich so mache. Ich erzählte ihr von meinen Treffen mit Chris de Burgh, Oasis, Iggy Pop und anderen aus dem Showgeschäft. Gitta staunte, lächelte, lachte, rieb sich amüsiert Tränen aus den Augen, bis ich mich fühlte wie der witzigste, schlagfertigste, geistreichste Mann Deutschlands, Europas, von der ganzen Welt.

»Und was war dein blödestes Interview?«, fragte Gitta.

»Das war vor zwei Monaten«, antwortete ich sofort, »an meinem Geburtstag. Kein Schwein ruft an, nur ein Versicherungsvertreter. Alles Gute zum Sechsundfünfzigsten und so weiter, blabla. Und dann fragt das Arschloch: ›Haben Sie eigentlich schon eine vernünftige Sterbeversicherung?‹«

Gitta umarmte mich, um mich zu trösten. Dann steckte sie die Haare hoch, was sie noch jünger machte. Mit einer Haarnadel zwischen den Lippen fragte sie: »Und die Stones? Hast du die auch mal interviewt?«

Ich ließ mir Zeit mit der Antwort, baute mit beiden Händen eine Pyramide, bevor ich antwortete: »Anfang der Neunziger hing ich eine ganze Woche mit Mick und Keith in New York rum. Eines Nachts waren wir im Village Vanguard, diesem Jazz-Club, 7. Straße, Greenwich Village, du weißt. Die stellen schon die Stühle auf die Tische, und da setz ich mich aus 'ner Laune raus ans Klavier und fang an zu klimpern, und da schreit Keith, der nach dreißig Pink Vodka stoned in den Seilen gehangen hatte, plötzlich ganz aufgeregt: ›He, Mann, was spielst du da? Spiel das beschissene Zeug noch mal!‹ Nun ja, die Nummer ist ein paar Monate später unter dem Namen *Start Me Up* ziemlich bekannt geworden. Die Stones spielen sie bei ihren Auftritten oft als erste.«

»Eins meiner Lieblingsstücke!«, rief Gitta. »Und das ist von dir?«

Ich winkte bescheiden ab, errötete vielleicht sogar charmant, und dann sagte ich: »Bist du nicht viel zu jung für so alten Männerkram?«

Gitta beantwortete meine Frage vor ihrer Haustür. Bis dahin war es nicht weit, gerade mal um die Ecke. Sie küsste mich, dass jede Faser, jede Zelle meines Körpers nach Paarung schrie. Auch im Aufzug zur zweiten

Etage und vor ihrer Wohnungstür flatterte ihre heiße Zunge, bis ich außer mir war. Ich öffnete zitternd ihren Mantel, begrüßte stürmisch ihre Brüste, tastete ihre festen Pobacken ab. Gitta stöhnte willig, sie rieb zwischen meinen Beinen, sagte: »Wow!«

Ihre Wohnung roch genau wie sie nach Frühlingsrosen und Orangen. Bunte Lichterketten erhellten sanft und romantisch die Dunkelheit. Aber ich stolperte über etwas, das sich als Gittas Katze herausstellte. Im Fallen riss ich ein Schränkchen mit und das, was darauf gestanden hatte. Gitta schrie, die Märchenbeleuchtung wurde von unerträglich hellem Licht verdrängt. Aus den Trümmern schloss ich auf eine große chinesische, koreanische oder japanische Vase, jedenfalls asiatisch. Ein Familienerbstück, das laut Gitta zwei Welt- und mehrere Scheidungskriege heil überlebt hatte. »Und jetzt tauchst du hier auf, und fünf Sekunden später ist alles kaputt«, sagte Gitta leise und fing an zu weinen.

»Nicht alles«, sagte ich hilflos.

Gitta forderte mich auf zu gehen, jetzt, sofort. Ich stotterte, stammelte, lallte, brachte dann die Worte Schadensersatz und Wiedergutmachung über die Lippen, suchte besänftigend nach Gittas Hand.

»Raus hier«, schrie sie, »Tölpel, Trottel, Vollidiot!«

Ich hatte die Tür fast erreicht, da schlug die verdammte Katze ihre scharfen Krallen in mein rechtes Bein.

Einer der beiden Hunde, Sammy oder Mars, steckte überheblich seinen Kopf aus der Tür und knurrte mich an.

»Übrigens«, sagte ich, »eure Hunde bellen in letzter Zeit immer nachts. Könnt ihr mal ein bisschen darauf achten?«

Heike stieß Luft durch die Nasenlöcher aus. »Das ist wegen der Alten da oben. Weil die immer so laut ist mit ihrem Fernseher.«

»Entschuldige, aber das stimmt nicht ganz«, sagte ich und lächelte gutmütig.

Heike ließ ihren Besen los, verschränkte die Arme vor dem Oberkörper. »Soll das heißen, ich lüge? Komm mir jetzt bloß nicht komisch!« Sie durchbohrte mich mit ihrem Blick. »So was Unverschämtes! Nach allem, was Tom für euch getan hat!«

Mein Magen zog sich zusammen, meine Ohren sausten. In meinem Kopf hagelte es. Tom stellte den Lautsprecher ab, um die Hände frei zu haben. Er richtete beide Zeigefinger auf mich.

»Klartext«, sagte er. »Wenn du Krieg willst, kannst du Krieg haben.«

Ich hatte das Gefühl, von einem weit überlegenen Gegner unter Wasser gedrückt zu werden. In unserer Wohnung läutete das Telefon. Ich ging die Treppe hinunter, nicht allzu schnell, damit es nicht nach Flucht aussah. Mein Gang war unsicher, ich musste mich am Geländer festhalten. Heike rief mir zischend etwas hinterher. Meine Hände hatten Schwierigkeiten, den Schlüssel zu finden und die Tür zu öffnen. Der Anrufer nannte nicht seinen Namen. Obwohl ich seine Stimme seit über zwanzig Jahren nicht gehört hatte, erkannte ich sie sofort.

»Meine Frau ist gestorben«, sagte er. »Deine Mutter. Sie wird heute um zwei auf unserem Friedhof verstreut.«

»Verstreut?«, fragte ich.

»Kannst du kein Deutsch?«, fragte mein zweiter Vater, bevor er auflegte.

Ich ging zum CD-Regal, zog irgendwas raus. Ich setzte Kopfhörer auf und stellte auf volle Lautstärke, um die Insektenplage in meinen Ohren zu vernichten.

13

Die Straße glänzte vor Nässe. Zwielicht schon am frühen Nachmittag. Die Landschaft, die an mir vorbeizog: verzettelt, brockig mit Kalkflecken. Fragezeichen qualmten aus Kaminen, in Vorgärten blitzte und blinkte der Advent. Ich war spät dran.

Tom hatte meine Garage mit seinem silbergrauen Ford zugeparkt. Ich läutete, Heike riss die Tür auf, schrie: »Er kommt«, und schlug die Tür wieder zu. Tom ließ mich zappeln, fünf Minuten, zehn Minuten. Ich läutete Sturm. Heike schrie: »Kannst du dich nicht benehmen?« Als Tom endlich kam, hielt ich ihm meine Hand hin und sagte: »Lass uns doch reden.«

Das Insektenorchester in meinen Ohren hatte sich verdoppelt. Aber ich trug Chet Bakers Krawatte um den Hals! Ich hatte Frau Hauenstein gesagt, dass ich ihre neuen Bestellungen wegen der Beerdigung erst am nächsten Tag erledigen könne.

»Du hast natürlich keine schwarze Krawatte, stimmt's?«, hatte sie gesagt und wieder einmal angefangen, in Schubladen zu wühlen. Briefe, Schals, Kopftücher, Fotos, Zigarettenasche flogen in hohem Bogen.

»Hier«, hatte Frau Hauenstein gesagt, »die hat er auf der großen Europatournee 1959 getragen. Sein Vater war kurz vorher gestorben.«

Weil ich mich mit Krawatten nicht so gut auskannte, hatte Frau Hauenstein mir beim Binden geholfen.

Auf der Gegenfahrbahn lag eine tote Katze. Aus dem Straßengraben kroch Nebel. Meine Mutter und mein zweiter Vater hatten Ende der Achtzigerjahre ein Haus im deutschsprachigen Ostbelgien gekauft. Viele Deutsche aus dem Grenzland taten das wegen der niedrigeren Kosten. Ich war zweimal zu Versöhnungstreffen in dem gelben Haus mit dem kleinen Garten gewesen. Der Sportplatz, auf dem ich den Treffer meines Lebens erzielt hatte, war nur ein paar hundert Meter entfernt. Beide Male hatte es Streit mit Karl-Heinz II. gegeben, meine Mutter hatte sich dabei immer für ihn und gegen mich entschieden. Und beide Male hatten mich belgische Zöllner auf der Rückfahrt kontrolliert wie einen gesuchten Drogenschmuggler.

Die Grenze war inzwischen weg, nahtlos schloss sich das propere belgische Neubaugebiet an das deutsche an. Der Weg zum Friedhof war ausgeschildert wie eine Touristenattraktion. Mein zweiter Vater, auch mit achtzig noch Herr der Lage, stand auf dem fast leeren Parkplatz und demonstrierte Tatkraft, vital, energiegeladen, unheilbar gesund. Gegen meinen Willen ließ ich mich von ihm auf einen Platz dirigieren, den er für mich ausgesucht hatte. In meinem Ärger bog ich zu schwungvoll ein, die efeubewachsene Ziegelsteinmauer bremste mich.

»Quax, der Bruchpilot!«, rief Karl-Heinz II. und schätzte den Schaden geradezu genießerisch auf fünfzehnhundert Euro. Ohne Chet Bakers Krawatte hätte ich das alles nicht ausgehalten.

Es war beißend kalt. Der Geruch von verbranntem Holz und mein Atem hingen in der Luft. Wind scheuerte meine Nase wund, stach in meine Ohren. Acht Leute waren außer mir und meinem zweiten Vater gekommen. Die meisten Gesichter kamen mir bekannt vor, ich konnte mich aber nur an einen Namen erinnern. Lilo, die beste Freundin meiner Mutter. Mit sechzehn hatte ich oft davon geträumt, mit ihr im Bett zu liegen. Sie roch immer betörend, weil sie in der Parfümerieabteilung vom Kaufhof arbeitete. Ihre Haare waren unverändert hellblond und kurz, aber die Beine hatten ihre Länge verloren, ihre Brüste an Breite gewonnen. Sie drückte mich an sich, da sah ich, dass sie sich einen kräftigen Oberlippenbart zugelegt hatte.

Für meine Mutter gab es kein Grab, nur ein paar Quadratmeter Gras. *Streuwiese* stand auf einem Schild.

Ein Priester und der Friedhofswärter schritten auf uns zu. Der Priester machte ein leidendes Gesicht, er war anscheinend nicht warm genug angezogen unter seiner Soutane. Der Friedhofswärter trug das Wappen der Gemeinde auf seiner dunkelblauen Uniform und in der linken Hand eine Art Grubenlampe. Darin war wohl die Asche. Die beiden Männer begrüßten meinen zweiten Vater, dann zog der Priester ein paar bedruckte Seiten aus einer Klarsichthülle hervor und fing an, seine Rede vorzulesen. Er nannte meine Mutter Josefine, obwohl sie Gisela hieß. Die ältere Frau rechts neben mir unterdrückte ungeschickt ein Kichern. Wieder sagte der Priester Josefine. Ich schwor mir, ihn beim nächsten Mal auf seinen Fehler hinzuweisen. Da sagte er schon wieder den falschen Namen. Ich hielt den Mund, auch beim Vaterunser.

Herr Momm, der Inhaber von *Radio & Fernsehen Momm*, hatte gesagt, dass Gisela ein wunderschöner Name sei. Er habe seine Tochter Gisela nennen wollen, doch leider sei ihm keine Tochter vergönnt gewesen.

Anfang Dezember 1968 hatten meine Mutter und mein neuer Vater endlich resigniert und eingesehen, dass ich für Technik-Baukästen, Lötkolben, einen Zwölfersatz Schraubenzieher und das beliebte Experimentierlabor namens *Der kleine Chemiker* ungeeignet war, dass die einzige technische Errungenschaft, die ich, toi, toi, toi, jemals katastrophenfrei in den Griff kriegen würde, ein Plattenspieler war. Und so standen meine Mutter und ich an einem späten Nachmittag in Momms Laden, der nach nagelneuen Unterhaltungsgeräten und Zigarettenrauch roch. Wir waren die einzigen Kunden. Der Inhaber war um die fünfzig, klein und fast kahl. Er fragte meine Mutter nach ihrer Preisvorstellung, demonstrierte dann widerwillig einen Plattenspieler von Telefunken, der *Party Hit* hieß.

»Lautsprecher im Deckel, Mono.«

Momm sprach das Wort *Mono* mit derselben Verachtung aus, mit der mein zweiter Vater Worte wie *arbeitsscheu, Sittenstrolch, Kommunistenschwein* oder *Borussia Mönchengladbach* aussprach.

»Kostet hundertneunundzwanzig Mark, das Ding. Aber ich würde es Ihnen für hundert lassen, gnädige Frau. Damit ich es endlich nicht mehr sehen muss.«

Über dem Kassentresen hing eine Leuchtreklame mit der Aufschrift *... nimm doch PHILIPS.* Winterliche Sonnenstrahlen fielen in den Laden, die einen kleinen Heiligenschein um Momms Kopf und seine letzten Haare malten. Unheilig verschlangen seine Augen meine Mutter, die gut roch, weil ihre Freundin Lilo ihr immer kostenlose Proben und preisreduzierte Fläschchen aus der Parfümerieabteilung vom Kaufhof mitbrachte.

Die falsche Leopardenjacke meiner Mutter sah wie echt aus, ebenso wie ihre Wimpern, die sie auffallend oft flattern ließ. Sie lachte auch anders und lauter als sonst, wenn Momm ihr Komplimente machte. Als hätte sie zwei bis drei Gläser Sekt getrunken. Ich schämte mich ein bisschen für sie. Meine Hochstimmung, endlich einen Plattenspieler zu bekommen, verflog nicht, kühlte aber ab.

Momms Plattenabteilung sorgte für einen weiteren Dämpfer. Sie bestand aus Rudolf Schock und Margit Schramm, Peter Alexander, Heintje, James Last und den Bee Gees. Momm, für den ich nicht einmal Luft war, schmeichelte meine Mutter in einen Teil des Ladens, den er seinen Stereopalast nannte. *Zum guten Ton gehört DUAL,* wurde man da von einem großen Plakat begrüßt.

Momm sagte: »Mono ist tot, Stereo heißt die Zukunft!«

»Stereo?«, fragte meine Mutter. »Was ist das denn genau?«

Mir war ihre Frage peinlich, aber Momm fand es entzückend, dass meine Mutter keine Ahnung hatte.

»Stellen Sie sich vor, Gnädigste, Sie befinden sich einen Kilometer von einem Konzertsaal entfernt, in dem Karajan gerade mit seinen Berliner Philharmonikern Beethovens Neunte gibt. Das ist Mono. Stereo ist, wenn

Sie im Konzertsaal sitzen, und zwar auf dem Platz, der für den Bundespräsidenten reserviert ist!«

»Das haben Sie aber schön gesagt!«, sagte Mama.

Momm schien um einen halben Meter zu wachsen, seine Hände redeten wirr durcheinander. Seine starren Augen machten mir Angst. Er beugte sich vor und kam meiner Mutter sehr nah. Ich fürchtete, er würde sich jeden Moment auf sie stürzen. Dann fragte er sie aber nur nach ihrem Vornamen.

»Gisela«, sagte er mit der öligen Stimme eines Schnulzensängers. »Ich darf doch – Gisela sagen?«

Meine Mutter deutete ein Nicken an.

»Schauen Sie her. Made in Germany.« Momm stützte seine Hände schwer auf ein breites Regalbrett, auf dem eine Stereoanlage stand, wie sie bestimmt keiner in meiner Klasse hatte, nicht mal Dreyling, dessen Vater Chefarzt war. Momm wischte brutal den Weihnachtsschmuck von dem Gerät, Lametta, Plastikzweige und mit künstlichem Schnee bestäubte Christbaumkugeln.

»Integrierter Verstärker«, flüsterte er, voll Demut vor der Meisterleistung deutscher Ingenieurskunst. »Vollautomatischer Plattenspieler, zwei Lautsprecherboxen!«

Er faltete die Hände, betete das Gerät an, als könnte es nicht nur Konzertklang erzeugen, sondern nebenbei auch noch die Welt von Krebs und Krieg erlösen.

»Plattenspieler in Edelholzfurnier, Frontblende mit gebürsteter Edelstahlfront. Vier, ich wiederhole: vier Geschwindigkeiten abspielbar! Im Tonkopf ist eine Wendenadel eingebaut, sowohl für Vinyl- als auch für Schellackplatten geeignet –«

»Stopp, stopp, lieber Herr Momm!«, rief meine Mutter. »Ich bin doch keine Millionärin!«

Der Inhaber klatschte einmal in die Hände, rieb sie. Er kratzte sich am Hinterkopf, strich über seine Nasenspitze, das glatt rasierte kleine Gesicht. Dynamisch klopfte er dreimal gegen die gebürstete Edelstahlfront des Plattenspielers.

»Liebe Gisela, ich feiere in diesem Monat mein zwanzigjähriges Geschäftsjubiläum. Aus diesem Anlass gibt es eine Verlosung. Vielleicht ist Ihnen das Glück ja hold, und Sie gewinnen den ersten Preis!«

Seine Worte waren zwar an meine Mutter gerichtet, aber er hatte mich jetzt die ganze Zeit angesehen. Er, für den ich bisher nicht vorhanden gewesen war, lächelte mich an, zwinkerte mir darüber hinaus zu, als sei das mit dem ersten Preis längst geritzt. Laut und übertrieben deutlich hatte er gesprochen, als sei es wichtig, dass ich alles ganz genau mitbekäme, dass kein i-Punkt verloren ginge.

Momm tastete seine karierte Jacke ab, machte ein verzweifeltes Gesicht. Nichts mehr zu rauchen! Er öffnete sein Portemonnaie, bat mich, Zigaretten für ihn zu holen.

»Peer Export. Musst dich aber nicht beeilen, Junge!«

Ich sah meine Mutter unschlüssig an.

»Geh schon«, sagte sie.

Als ich am nächsten Tag aus der Schule kam, war die Anlage schon geliefert worden. Auspacken durfte ich sie aber noch nicht, denn es war ja erst der fünfte Dezember. Und es gab noch ein weiteres Hindernis: Als Gegenleistung für den Hauptgewinn, den sie angeblich mit glücklicher Hand für mich ergattert hatte, bat meine Mutter mich, Karl-Heinz II. vor jedem Schlafengehen auf die Igelbacken zu küssen.

»Versprochen?«

»Auf beide?«, fragte ich erschrocken zurück.

Meine Mutter war kein Unmensch: »Also gut, eine reicht. Hand drauf!«

Abends vor dem ersten Kuss saßen wir um den Fernseher herum, wir wollten uns *Der goldene Schuss* mit Vico Torriani ansehen. Man kriegte aber nicht viel mit von der Show. Mein neuer Vater quatschte dauernd dazwischen, er wollte nicht glauben, dass meine Mutter die Luxusanlage bei einer Verlosung gewonnen hatte. Er traute ihr das Riesenglück einfach nicht zu, fragte, verhörte meine Mutter, quetschte sie aus, zerpflückte ihre unbeholfenen Antworten, bis sie zum Gegenangriff überging, mit Scheidung drohte und weinend aus dem Wohnzimmer lief.

Dreyling und sein Freund Otten, der später mal das Bauunternehmen seines Vaters erben würde, glaubten mir auch kein Wort, als ich am nächsten Tag in der großen Pause was von Perpetuum Ebner VHS 3, PE 2001 und WIGO-Boxen faselte. Sie nahmen mich in Schwitzkasten und Polizeigriff und stopften mir gelben Schnee in den Mund, bis ich alles widerrief.

Was die Verlosungsgeschichte betraf, stand ich ganz auf der Seite meiner Mutter. Allerdings hatte ich mir heimlich das Rauchen angewöhnt, zwei bis drei Zigaretten täglich, und dazu brauchte ich einen Aschenbecher. An zwei aufeinanderfolgenden Montagen, wenn *Radio & Fernsehen Momm* erst mittags um zwölf öffnete, lagen Kippen von Filterzigaretten der Marke Peer Export im Aschenbecher meines zweiten Vaters. Der rauchte nur Männerzigaretten, wie er sie nannte, Eckstein, Overstolz und zur Not auch mal Reval.

Danach wurde besser aufgepasst. Nur an einem Montag Anfang April '69 fand ich noch einmal einen Zigarettenrest, der nicht in Karl-Heinz' Aschenbecher gehörte.

Der Friedhofswärter fummelte an der komischen Lampe herum, und der Staub meiner Mutter fiel auf die Wiese. Karl-Heinz II. trat vor. Seine Brauen waren immer noch schwarz und dick wie Schmetterlingsraupen. Er rieb sich die Augen, ein paar Zwiebeltränen flossen, dann legte er Blumen nieder und sagte in einem für ihn leisen Ton: »Gisa, Schatz, wir wollten im Sommer doch nach Kroatien!«

Nach ihm schob sich eine ungefähr Vierzigjährige mit einem langen violetten Schal nach vorne. Sie breitete die Arme aus wie eine Schamanin, die in der Wüste Regen machen will, und rief: »Flieg, Gisela, flieg! Du bist frei! Frei!«

Das war nicht zu übertreffen, und so machte ich, als ich an der Reihe war, bloß ein trauriges Gesicht und verneigte mich. Ich legte die schon leicht verwelkten Blumen, die mir Frau Hauenstein geistesgegenwärtig zusammen mit der Krawatte überlassen hatte, auf einen kleinen Aschehaufen. Damit, fand ich, hatte ich meiner Mutter genug Ehre erwiesen und wollte mich den anderen Trauergästen anschließen, die schon auf dem Weg zu Kaffee und Kuchen waren. Da spielte etwas in mir verrückt. Ich konnte mich nicht dagegen wehren, mit Tränen in den Augen nach Maya zu rufen.

Lilo drückte mich an ihren mächtigen Busen und streichelte meine Wangen. Auch sie weinte jetzt. Ihr Gehör, stellte sich allmählich heraus, war nicht mehr das beste. Statt *Maya* hatte sie *Mama* verstanden. Sie war gerührt über die späte, aber vermeintlich heftige

Zuneigung des verlorenen Sohns. Ich ließ sie in dem falschen Glauben.

In der belgischen Kneipe sagte mein zweiter Vater, das Verstreuen sei die preiswerteste und vernünftigste Lösung gewesen. Er habe auch nicht mehr lange, und nach ihm würde sich sowieso niemand um ein Grab kümmern.

Alle starrten mich an.

Die Schamanin hatte, wie ich erfuhr, in den letzten Jahren meiner Mutter im Haushalt geholfen. »Schon irre«, sagte sie, »zweihundertfünfzig Meter von hier, bei den Preußen, ist das Verstreuen streng verboten. Aber die Belgier sind sowieso viel lockerer drauf.«

»Andere Länder, andere Sitten«, antwortete ich flach.

Mein zweiter Vater sprach mit Appetit und genüsslich schmatzend Wurst- und Käsebrötchen zu, nahm Reis- und Aprikosenfladen in Angriff, im Halbliterkrug schäumte Bier. Als ich mich verabschiedete, umarmte die oberlippenbärtige Lilo mich wieder und sagte: »Hast du gewusst, wie stolz deine Mutter immer auf dich gewesen ist? Sie hatte diese Zeitschrift abonniert, für die du schreibst. Jeden Artikel von dir hat sie ausgeschnitten und in ein dickes Album geklebt. Dazu Fotos von dir, als du noch ein Kind warst.«

Mein Auto ließ sich ohne Probleme bewegen. Ich schob *Chim Chim Cheree* von John Coltrane und seinem Quartett in den Player, legte schon den zweiten Gang ein, hatte es dann aber doch noch nicht hinter mir. Karl-Heinz II. stand plötzlich im Weg, ohne Mantel und Jackett, ohne Angst vor einer Lungenentzündung. Er gab mir Zeichen, das Seitenfenster herunterzulassen. Er kaute auf irgendwas herum. »Ja?«, sagte ich.

Der Wind zerrupfte sein immer noch volles, silbernes Haar. Sein linker Mundwinkel zuckte zweimal kurz hintereinander. Er wischte sich bedächtig über die Lippen.

»Ja, was ist?«, fragte ich ungeduldig.

Er antwortete: »Fahr vorsichtig, pass auf dich auf. Und schick mir die Rechnung von der Werkstatt, hast du gehört?«

Weil ich nicht nach Hause wollte, fuhr ich in der Gegend herum und parkte plötzlich vor einem anderen Friedhof. Maya hatten wir nicht verstreuen lassen wie Kehricht. Sie lag in ihrem weißen Sarg unter einer Rotbuche, beschützt von einem Schmetterlingsstein.

Ein Himmel wie eine Müllhalde. Im Schatten der Buche hatte sich ein Rest Schnee gehalten. Ich bedeckte ihn mit roten Rosen, die ich in der Nähe in einer Gärtnerei gekauft hatte.

Frau de Lijser und die Düsseldorfer waren auch wieder da gewesen. Die Holländerin hatte wohl den kleinen schwarz-weißen Leuchtturm mitgebracht, in dem eine Kerze brannte, die Rehbergs das flimmernde Weihnachtsbäumchen. Eine Amsel, die anscheinend den Zug nach Süden verpasst hatte, landete auf einem Ast und beobachtete mich mit schrägem Kopf.

Es wurde langsam dunkel. Meine Zehen fühlten sich wie abgestorben an. Neben mir raschelte es, aber da war kein Tier, sondern Betty, die Blumen aus dem Papier wickelte. Ich nickte ihr zu. Bettys unerwartet sanftes Lächeln brachte mein Herz zum Klopfen.

Betty betete. Aber zum ersten Mal seit Monaten hatte sie wieder Lippenstift und Eyeliner benutzt, und sie trug hohe Stiefel und schwarze Strümpfe. Ein Mann und eine Frau, beide Mitte dreißig und im Wildledermantel, gingen an uns vorbei.

»Schau mal, wie süß!«, rief die Frau und zeigte auf Mayas Grabstein.

Betty nahm meine kalte Hand in ihre warme.

»Und wenn ich noch ein Kind bekäme?«, sagte sie leise. »Ich bin erst zweiundvierzig.«

»Aber ich schon sechsundfünfzig«, antwortete ich.

»Also los, Beeilung!«, sagte Betty in einer Lautstärke, die bestimmt gegen die Friedhofsordnung verstieß.

Tom hatte mit seinem Ford wieder meine Garage versperrt, deshalb versperrte ich ihm mit meinem Wagen die freie Fahrt. Es war kurz nach achtzehn Uhr. Vor unserer Haustür standen eine Frau und eine ältliche Vierzehnjährige. Sie schienen schon lange in der zittrigen Lichtpfütze gewartet zu haben, welche die defekte Straßenlaterne warf. Beide rieben ihre Hände, traten verfroren auf der Stelle.

»Hast du den Predigtdienst vergessen?«, fragte die Frau mit aufgesetztem Lächeln.

Betty stammelte eine Entschuldigung.

»Zieh dich schnell um und wisch das da weg«, sagte die Frau. Tadelnd zeigte sie auf Bettys Lippenstiftmund.

Ich zog Betty ins Haus und drückte die Tür hinter uns zu. In der warmen Wohnung griff ich unter Bettys Rock und in ihr Höschen. Ich suchte und fand ihre Klitoris, Betty wand sich feucht, ihr Mund war weit offen, Speichel tropfte von ihrer Unterlippe, ich fing ihn mit meiner Zunge auf. Es läutete.

»Du hast mich verdammt lange nicht mehr rangelassen, Baby«, sagte ich wenig später im Schlafzimmer mit meinem Schwanz zwischen ihren Brüsten. »Hast du Platz für zwei Liter Saft?«

»Stopf mich«, sagte Betty und stöhnte erstickt. »Stopf mich bis zum Hals.«

Sie griff nach mir und zeigte mir den Weg.

Es läutete und die Hunde bellten. Ich küsste Bettys nördliche und südliche Lippen, saugte an ihren Brustwarzen wie an reifen Champagnertrauben. Damit sie sich nicht erkältete, durfte sie ihre schwarzen Nylons und die weichen Lederstiefel anbehalten.

»Komm, spritz«, schrie Betty.

»Noch nicht«, antwortete ich. Ich zog meinen Schwanz bis zum Kopf heraus, steckte ihn langsam wieder rein. Bettys Hüften bebten. Sie hob ihren Hintern, stemmte ihren Kitzler gegen meinen Schwanz, den ich wieder zurückzog. Bettys Fingernägel bohrten sich in meinen Rücken. Es läutete, über uns bellten die Köter, und Tom probierte seine neue Anlage bis zum Anschlag aus. Der erste Song, den er spielte, war *Sweet About Me.*

Betty drehte sich abrupt weg von mir, ich schrumpfte, das Feuerwerk zwischen meinen Beinen erlosch.

»Diese Schweine«, wimmerte Betty. »Diese drecksverdammten Schweine! Ich halt das hier nicht aus.«

Es läutete ununterbrochen. Ich zog meinen Bademantel an, riss Wohnungs- und Haustür auf und schrie: »Ihr verdammten dämlichen Idioten.«

Die beiden Zeuginnen Jehovas waren aber nicht mehr da. Zwei Polizisten wollten mich sprechen. Einer nannte die Strafe, die auf Beamtenbeleidigung stehe, der andere wies mich darauf hin, dass mein falsch geparkter Wagen abgeschleppt würde, falls ich ihn nicht augenblicklich wegführe.

»Außerdem interessiert uns«, sagte er, »wie es zu den

Beschädigungen an Ihrem Kfz gekommen ist. Etwa unerlaubtes Entfernen vom Unfallort?«

Auf der ersten Etage wurde ein Fenster geöffnet. »Vielen Dank für die schnelle Hilfe«, hörte ich Tom rufen. Mir war kalt in meinem dünnen Bademantel. Wenn ich gewusst hätte, dass Tom und Heike nur noch siebzehn Stunden zu leben hatten, wäre ich nicht so verzweifelt und am Ende gewesen.

14

Der 23. Dezember war ein Mittwoch. Nur die Heuschrecken in meinen Ohren leisteten mir Gesellschaft. Chet Baker hatte Geburtstag, achtzig wäre er an diesem Tag geworden. In der Wohnung über mir spielte Tom Mayas Lieblingsplatte, immer und immer wieder. Auch Heike machte Musik, sie hatte sich Holzschuhe zugelegt, mit denen sie stampfend herumwanderte. Seit sieben Uhr ging das so. Bevor Betty die Wohnung und mich verließ, hatte sie Wäsche, Zahnbürste, Schuhe, Deospray, ein paar ihrer Lieblings-CDs und eine Mappe mit Unterlagen in zwei Taschen und einen kleinen Koffer geworfen. Sie wollte nicht, dass ich ihr beim Tragen half.

»Wohin?«, fragte ich.

»Erst mal zu einer Glaubensschwester«, antwortete sie.

»Glaubensschwester«, wiederholte ich verächtlich. »Ich dachte, wir wollten noch ein Kind?«

»Können wir uns nicht leisten«, sagte Betty. »Werde

heute in der Agentur kündigen. Ich kann nicht länger gegen meinen Glauben handeln.«

»Und der Kredit?«

»Dein Problem. Wenn du hier mit diesen Leuten weiter unter einem Dach leben willst, musst du dir wohl was einfallen lassen. Ruf Gerster an.«

Im Hinausgehen sagte Betty: »Was ist voriges Jahr am Strand geschehen? Was hast du getan? Bitte, sag's mir endlich. Wenn's irgendwie geht, verzeih ich dir.«

Betty ließ mir zehn quälende Sekunden Zeit für eine Antwort, die ich nicht geben konnte. Dann war sie weg.

Ich ging zur Musikbox, um mit *But Not For Me* den Lärm der Hundeleute zu übertönen und Chets Geburtstag zu feiern. Nach einer knappen Minute drückte ich die Stopptaste, weil ich nicht an Krieg denken wollte, während ich den tollen Song hörte.

Ich ging von Zimmer zu Zimmer, stand herum, fuhr mir mit beiden Händen durch die Haare. Ich band mir Chets Krawatte um und prüfte im Spiegel deren lockeren Sitz. Ich konnte es auch allein. Endlich fielen mir Frau Hauensteins Bestellungen ein, die wegen der Beerdigung meiner Mutter noch unerledigt waren. Die Liste war lang, Frau Hauenstein brauchte Vorrat für die vielen Feiertage.

Vor dem Haus wurde ein großer Container abgeladen. Ich schaute hoch zum ungnädigen Winterhimmel, zog meinen Schal fester. Zwei Stangen Bensons, vier Packungen Toastbrot. Für die geräucherte Makrele stand ich zwanzig Minuten an. Der Rotwein sollte neuerdings einen Schraubverschluss haben, weil das Korkenziehen für die Alte zu anstrengend geworden war.

Neben dem Weingeschäft war ein Schmuckladen. Ich suchte nach einem Geschenk für Michelle, entschied mich für silberne Ohrringe mit leuchtend grünen Steinen. Die Verkäuferin machte mit Schleifen, Federn, Gold- und Silberstaub aus der Verpackung ein Kunstwerk. Sie ließ sich nicht aus der Ruhe bringen, obwohl andere Kunden ihre Ungeduld zeigten. Ich verliebte mich ein bisschen in die unscheinbare Frau mit der geröteten Schnupfennase.

Als ich zurück nach Hause kam, war der Container vor dem Haus halb voll. Ein Durcheinander aus Jazz-Schallplatten, Porzellan und Weingläsern, gerahmten Fotografien von venezianischen Gondeln und Palästen. Um mehr Platz zu schaffen, schlugen zwei Männer mit Spalthämmern Frau Hauensteins Wohnzimmerschrank kurz und klein. Tom stand dabei, gab fachkundige Tipps und bot heißen Kaffee an. Dafür, dass er mich nicht beachtete, mich nicht mit seinem verwahrlosten Grinsen belangte, war ich ihm beinahe dankbar.

Ich rannte die Treppe hoch. Die Tür zu Frau Hauensteins Wohnung war ausgehängt. Die Frau, die in Schubladen stöberte, musste Gaby sein, die Tochter. Sie war etwas fülliger als auf dem Foto, das ihre Mutter mir gezeigt hatte. Statt Hippieklamotten trug sie einen schicken Hosenanzug.

»Was machen Sie da?«, rief ich. »Ist sie – ist Frau Hauenstein – gestorben?«

»Nein, keine Sorge«, sagte die Frau und lächelte offensiv wie für einen Werbeprospekt. »Mutti ist seit gestern in einem Pflegeheim. In der Villa Sonnenschein. Ist das nicht ein schöner Name?«

»Naja, ehrlich gesagt …«

»Doch, doch! In Muttis neuem Zuhause würde ich auch gern meine letzten Tage verbringen! Hier hätte sie doch keinen Tag länger bleiben können. War ja ganz ausgetrocknet und verwirrt, die Arme!«

»Hört sich nach einer Verwechslung an. Sprechen Sie von Frau Hauenstein? Ilse Hauenstein?«

Chet Bakers Tochter lächelte meinen Einwand einfach weg.

»Sie sind bestimmt der nette Nachbar, von dem Mutti immer so geschwärmt hat.«

Sie griff in die Innentasche ihres Nadelstreifenjacketts, zog ein Kärtchen mit der Adresse der Villa Sonnenschein heraus.

»Mutti würde sich bestimmt freuen, wenn Sie sie einmal besuchen würden. Aber erst in ein paar Wochen, wenn sie sich in der neuen Umgebung eingelebt hat, ja? Und, bitte, keine Zigaretten und keinen Alkohol mitbringen.«

»Soll die Blumenvase auch weg?«, fragte einer der beiden Arbeiter. »Die ist doch so schön und groß.«

»Alles, alles«, sagte die Tochter in einem veränderten, schneidenden Ton. »Weg mit dem nikotinvergifteten Dreckszeug!«

Es läutete. Einen Moment lang hoffte ich, Betty käme zurück und alles würde gut. Aber es war nur der Briefträger. Er reichte mir ein Päckchen, das zu sperrig für unseren Postkasten war, und einen Brief.

»Tag noch«, sagte der Briefträger und nieste zweimal.

Ich schloss die Tür. Der Brief kam aus Berlin. Gerster hatte ihn geschrieben. Als Adresse hatte er die Anschrift des *Rolling Stone* angegeben. Mein Herz machte Radau. Gerster war wieder im Geschäft!

»Große Veränderungen«, schrieb er. »Musste mich erst mal neu sortieren, daher die Sendepause. Aber jetzt läuft alles top!« Und dass er sich in den nächsten Tagen telefonisch bei mir melden würde. Er habe einige gut, nein: sehr gut bezahlte Aufträge für mich. Der Brief fiel mir aus der Hand. Er landete auf dem neuen, unbezahlten Teppichboden.

Ich hörte, wie Heike und Tom hämisch lachten. Kurz darauf fing die Musik wieder an. *Sweet About Me, Nothing Sweet About Me, Yeah.* Nach zwölf Tagen auf der Intensivstation war Maya auf ein Zweibettzimmer verlegt worden. Anfangs konnten Betty und ich abwechselnd im zweiten Bett übernachten, aber dann wurde es von Frau Evers, einer deutschen Touristin, belegt, die über Kreislaufprobleme klagte. Frau Evers hatte zwei anstrengende Kinder und einen Mann, der sich, wie Gerster, chronisch räusperte.

Maya war nach der Operation noch nicht wieder aufgewacht. Der Kopfverband ließ nur einen Teil ihres Gesichts frei. Sie lebte von Infusionen und Brei, den sie über einen Nasenschlauch erhielt. Betty und ich lernten das Füttern mit der Breispritze schnell.

Sweet About Me. Die Wände im holländischen Krankenhaus waren bunt, es roch auch nicht so stark nach Suppe und Angst wie in den deutschen Kliniken, die ich kannte. Die Krankenschwestern lachten viel, als habe der Tod hier keinen Zutritt. Zwei Spezialisten aus Utrecht hatten Maya operiert, sie waren mit dem Hubschrauber eingeflogen worden.

Weil sie vielleicht unsere Stimme hören konnte, lasen Betty und ich Maya den ganzen Tag vor, dabei hielten wir ihre Hand. Nachdem wir zwei Harry-Potter-Bücher durch hatten, ging Betty zu *Brigitte* und einer alten

Süddeutschen über, ich las aus Ashley Kahns *Impulse! Das Label, das Coltrane erschuf* vor, einschließlich der umfangreichen Diskografie. Besonders von diesem Buch fühlte sich Frau Evers so gestört, dass sie bald gesundete und das Zimmer räumte.

Am siebzehnten Tag nach dem Unfall bekam Maya hohes Fieber. Sie erbrach grünliche Flüssigkeit. Draußen die Oktobersonne, Bäume mit Blattgold. *Sweet About Me, Nothing Sweet About Me, Yeah.*

Maya starb an einem Samstagvormittag um 11 Uhr 19. Betty konnte nicht bei ihr sein, sie war erkältet und musste wegen der Ansteckungsgefahr im Hotel bleiben. Aber das Ehepaar Evers war bei Mayas letzten Minuten dabei. Frau Evers vermisste ein Armband. Ich hielt Mayas Hand, erzählte ihr von den Schmetterlingen in unserem Garten, die darauf warteten, dass wir alle endlich nach Haus kämen. Frau Evers öffnete Schränke, kroch ganz verzweifelt unter die beiden Betten. Weil sie auf meine wütenden Blicke nicht reagierte, forderte ich sie mit lauten Worten auf zu verschwinden. Herr Evers räusperte sich ausführlich. Da fingen die Maschinen an zu schreien. Ich drückte Mayas Hand, viel zu fest, rief ihren Namen. Herr Evers setzte zu einer Erklärung an, weshalb das Armband so eine große Bedeutung für seine Frau habe. Ich drückte den Alarmknopf, brüllte um Hilfe.

»Oje«, sagte Frau Evers, »oje.«

Sweet About Me, Nothing Sweet About Me, Yeah,
Sweet About Me, Nothing Sweet About Me, Yeah,
Sweet About Me, Nothing Sweet About Me, Yeah,
Sweet About Me, Nothing Sweet About Me, Yeah.

In amerikanischen Filmen geht man einfach in eine Bar, am besten um die Zeit, wenn Aschenbecher und Gläser eingesammelt werden, späte Gäste vergeblich um einen letzten Drink betteln. Die Jukebox spielt, um den Abschied zu erleichtern, was Schräges von Charlie Parker oder ein Seemannslied. Man sagt: »Schönen Gruß von Archie. Ist das Schiff im Hafen?« Der Barmann, schlecht rasiert, Halbglatze, ein schmuddeliges Spültuch über der linken Schulter, kratzt sich am Sack und fragt: »Wie hieß Archies Großmutter mütterlicherseits?«

»Alessandra Elisabetta Renata Petronella.«

Der Barmann nickt nicht, verlangt bloß die Kohle. Nachdem er die Scheine mit der Diskretion und Fingerfertigkeit eines Kassierers von illegalen Pferdewetten gezählt hat, reicht er etwas über den Tresen, das in einen Stofffetzen eingewickelt ist. Ein Grinsen folgt, das ein reparaturbedürftiges, aber durch zwei Goldzähne geadeltes Gebiss offenbart, dann der Satz: »Lassen Sie sich hier nie mehr blicken, Mister. Okay?«

Sweet About Me. Ich musste kein Geld ausgeben, hatte keinen Mitwisser, schaffte es aber nicht, den Schalldämpfer auf den Lauf zu schrauben. Wäre ich doch zur Bundeswehr gegangen, statt zu verweigern! Egal, ich schleuderte das Drecksdings in die Ecke. *Sweet About Me* hämmerte es von oben. Es war der Tag vor Heiligabend. Die Uhr auf meinem Schreibtisch zeigte kurz nach eins.

Auch im Treppenhaus konnte man Mayas Lied in großer Lautstärke hören. Die beiden Arbeiter kamen mir aus Frau Hauensteins Wohnung entgegen und fragten, wo man in der Nähe billig was essen könne, Gyros oder Pizza.

»Keine Ahnung«, antwortete ich atemlos und lief weiter die Treppe hoch.

Ich läutete ununterbrochen, hörte, wie sich Tom und Heike in der Diele fragten, wer das sein könne. Tom öffnete die Tür, *Sweet About Me* jetzt ganz laut. Toms Grinsen ganz nah.

»Schieß doch mit deinem Spielzeugpistölchen, du Memme!«

Tom hetzte einen der beiden Köter auf mich, der sprang mich an, deshalb ging der erste Schuss daneben. Er kratzte eine Menge Putz aus der Wand. Der Rückstoß, mit dem ich überhaupt nicht gerechnet hatte, war so stark, dass mir die Waffe beinahe aus der Hand gefallen wäre.

Aber der zweite Schuss saß. Die Kugel schickte das Vieh ins ewige Leben. Von wegen eingerostet, verstopft! Richtige Qualitätsware hatte Oswald Brass mir da überlassen. Aber laut war das Ding, meine empfindlichen Ohren vermissten den Schalldämpfer sehr.

Tom rannte in die Wohnung, ich folgte ihm, da machte er kehrt, ging schreiend und mit Kung-Fu-Bewegungen auf mich los. Peng, schon hatte Tom einen richtigen Krater im Bauch. Er knallte gegen ein Ikea-Regal, glotzte blöde auf seine herausgerutschten Innereien, die er vergeblich wieder reinzustopfen versuchte. Er wimmerte. Das dämliche Gesicht, das er dabei machte, nervte gewaltig.

»Memme«, sagte ich und rasierte ihm die kahl geschorene Birne weg. Die Wand, an die sein bisschen Gehirn und viel Blut platschten, sah aus wie ein misslungenes Gemälde von Jackson Pollock. Das, was von dem passionierten Autowäscher übrig geblieben war, sackte rücklings um und blieb bewegungslos liegen.

Sweet About Me. Noch zwei Schuss. Heike hatte sich im Schlafzimmer eingeschlossen. Im Film wirkt es immer so einfach, eine Tür mit dem Fuß oder der Schulter zu öffnen. Für mich war es jedenfalls schwierig. Ich würde mich in den nächsten Tagen mit ein paar blauen Flecken durchs Leben schlagen müssen. Das machte mich noch wütender.

Als ich die Tür endlich geknackt hatte, nahm mir ein widerlicher Geruch den Atem. Es war nicht der Gestank von Blut und Schießpulver. Diese dämliche Kuh Heike hatte sich tatsächlich in die Hose gemacht! Sie klammerte sich, an die Wand gepresst, an ihren winselnden Köter. Und sie spielte die Heldin, kreischte: »Bring mich um, aber lass Sammy leben, bitte, bitte!«

Sweet About Me. Die Waffe zuckte in meiner Hand, peng, und schon war Sammy bei Hitler und Stalin. Das dritte Auge in seinem Kopf sah irgendwie hässlich aus.

Ich ließ Heike den Anblick von Sammys Stillleben genießen. Undankbar kreischend nannte sie mich einen Hurensohn, drohte, mir die Augen auszukratzen. Das konnte ich mir nicht bieten lassen. Peng. Heike glitt langsam an der geschmacklos, aber fachgerecht tapezierten Wand herunter. Anders als bei Sammy sprudelte Blut aus dem durchschlagenen Hals, spritzte auf meine Jeans, färbte sie dunkel.

In meinen Ohren kreischte *Sweet About Me.* Ich ging rüber ins Wohnzimmer, richtete die Stereoanlage mit Händen und Füßen hin. Den voreilig geschmückten Weihnachtsbaum verschonte ich auch nicht. Dann blies ich die vier brennenden Adventskerzen aus, damit dem Haus nichts passierte. Neben dem Kranz stand eine in Geschenkpapier eingewickelte Flasche. Ich riss die Verpackung weg und schüttete mir den billigen Cognac in den Hals. In meinen Ohren ein wildes Durcheinander aus Funkverkehr und Störsendern. Der tote Köter im Treppenhaus fiel mir ein. Der musste da weg, bevor die Wohnungsauflöser vom Essen zurückkamen.

15

Was für ein Glück, Tom hatte die Garage ausnahmsweise nicht blockiert. Ein alter Mann, der Werbezettel in die Briefkästen stopfte, wünschte mir frohe Weihnachten. Meine Haare waren nass, meine Haut glühte vom heißen Duschen. Bevor ich losfuhr, verstaute ich Frau Hauensteins letzte Bestellung auf dem Rücksitz.

Unterwegs hielt ich an und stopfte die Tüte mit meinen blutbespritzten Klamotten in einen Abfalleimer. Die Knarre hatte ich vorsichtshalber noch dabei. Man konnte nie wissen, wofür ich sie noch brauchen konnte. Schließlich sah man ihr nicht an, dass keine Kugel mehr in ihr steckte. WDR 2 spielte den scheußlichsten Song aller Zeiten, *Honey* von Bobby Goldsboro. Das passte irgendwie.

Lange musste ich nicht auf den Schulbus warten. Ich stieg aus dem Wagen, als sich die Bustür öffnete. Nase und Lippen von Michelles kurzhaariger Begleiterin waren gepierct. Ich sah, dass auch in ihrer Zunge ein Ring steckte, als sie auf mich zeigte und sagte: »Das ist doch der Ficker von der Tusse, die dich geschlagen hat, ne?«

Michelle nickte zögernd.

»Endlich Weihnachtsferien, was?«, sagte ich wie ein guter Onkel und gab Michelle das Weihnachtsgeschenk. Die Sonne kam raus, und ein paar magere Schneeflocken fielen.

Die Gepiercte riss das Päckchen aus Michelles Hand und warf es auf den Boden. Ich versuchte sie daran zu hindern, die liebevolle Verpackung zu zertreten.

»Rühr mich nicht an, Opa«, schrie die Gepiercte, »verpiss dich! Sonst sag ich den Bullen, du hättest mir an die Titten gefasst!«

Michelle war anscheinend genauso erschrocken wie ich. »Ich hab dich lieb«, sagte ich.

Meine zweite Tochter antwortete nicht.

Die Gepiercte hakte sich bei Michelle ein und zog sie weg wie bei einer Verhaftung. Ich ging zum Wagen zurück und fuhr los. Ich achtete darauf, dass meine Vorderreifen das zertrampelte Geschenk gründlich überrollten, dabei summte ich laut die Melodie von *Honey.*

In der Villa Sonnenschein herrschten Sonnenfinsternis und ein düsterer Geruch. Im überheizten Zimmer von Frau Hauenstein saß eine beinamputierte Frau mit hängenden Armen im Rollstuhl und starrte das Titelbild einer Zeitschrift an. Prince Charles und Camilla.

»Zucker«, sagte die Frau. »Das andere Bein wollen sie mir nach Neujahr auch noch wegnehmen.«

Ich strich über Chet Bakers Krawatte. Sie war unverzichtbar und hatte kein Blut abbekommen. Frau Hauenstein lag da wie eine Mumie, viel zu klein für das große, klobige Bett. Die Haare wirr, verklebt, das Gesicht vergreist. Kein Lippenstift, kein Teenagerparfüm. Die Zigaretten, die ich ihr mitgebracht hatte, beachtete sie nicht. Sie atmete schwer und verschleimt. Endlich sagte sie etwas.

»Du hast nicht auf mich aufgepasst, du Hund.«

Ich hielt die Luft an, um ihren Atem ertragen zu können.

»Das andere Bein wollen sie mir auch noch wegnehmen«, wiederholte die Frau im Rollstuhl. »Wann ist nach Neujahr?«

Schonkost rollte an, dazu Medikamente und eine Pflegerin, die wie eine Kindergärtnerin redete. Als sie weg war, spuckte Frau Hauenstein die Pillen und Dragees aus. Die amputierte Frau rappte ihren Lieblingssatz.

»Schnauze, alte Schachtel«, sagte Frau Hauenstein.

Sie rappelte sich mühsam hoch. Beim Öffnen der Zigarettenpackung wollte sie sich nicht helfen lassen.

»Rauchen ist natürlich verboten«, sagte sie. »Ist ja ein KZ hier.« Ihre Hände flatterten.

Ich schaute weg. Noch mehr Zeit verging, bis sie ihr Feuerzeug in ihrem Bettschränkchen gefunden hatte. Ein Wasserglas ging dabei zu Bruch, und ihr Nachthemd verrutschte. Einen schrecklichen Augenblick lang sah ich dunkelbraune Flecken, viele Knochen und eine verwitterte Brust. Die Frau im Rollstuhl war eingeschlafen. Stirn, Nase und Haarspitzen ruhten in einem halb vollen Suppenteller.

»Die da macht es nicht mehr lange«, sagte Frau Hauenstein und zeigte auf ihre Mitbewohnerin. »Genau wie ich.«

Und dann befahl sie übergangslos: »Venedig. Fahr mich da hin. Los, beweg deinen Arsch!«

16

Daydream von den Lovin' Spoonful war in den USA von Platz 4 auf die Nummer 9 gefallen, Dusty Springfield stand in Großbritannien mit *You Don't Have To Say You Love Me* an der Spitze. Und Ringo war in Lebensgefahr! Ein, wie es hieß, weltberühmter Astrologe sah einen Unfall mit schlimmen Folgen voraus, ungünstige Sternenkonstellationen brachten Gefahr. Auch im häuslichen Bereich eine endlose Kette von Behinderungen und Schwierigkeiten, der Grund: zu viel Maßlosigkeit, Selbstvertrauen und Risikobereitschaft. Erst ab 1970 würde der Schlagzeuger der Beatles wieder unter den glücksverheißenden Einfluss des Uranus geraten.

Und dafür war ich zum Dieb geworden. Hatte mich demütigen, verhaften und mir von Karl-Heinz II. die Nase zerschlagen lassen.

Während Frau Hauenstein beim Friseur saß, vertrieb ich mir die Wartezeit in einem vollgestopften Secondhand-Buchladen, in dem es auch alte Zeitungen und Zeitschriften gab, die einen pilzigen Geruch verströmten. Der Händler, ein schmächtiger Typ mit langen dünnen Haaren, wollte mir die *BRAVO* vom 16. Mai 1966 nur dann verkaufen, wenn ich den ganzen Jahrgang nähme, 52 Hefte für 200 Euro.

»Ich überleg's mir«, sagte ich.

»Das sagen alle«, sagte der Händler gleichgültig.

Frau Hauenstein hatte sich die Haare kurz schneiden und hellblond färben lassen. Ihre Augenbrauen waren gezupft, die Lippen rot. Als ich den Salon betrat, zahlte sie gerade. Flatterig öffnete sie ihre Handtasche, in die sie ihre gesamten Ersparnisse gestopft hatte. Fünfziger, Hunderter und Zweihunderter rutschten, schwebten heraus, bedeckten den Fußboden. Zwei Friseurinnen, Frau Hauenstein und ich gingen in die Hocke.

Die Bankangestellte hatte beim Auflösen des Sparbuchs zu Reiseschecks geraten, aber Frau Hauenstein wollte ihr Geld unbedingt sehen, anfassen, mit sich herumtragen.

Nachdem sie sich in meinen Wagen gequält hatte, sagte sie: »Ziemlicher Blechschaden da vorne.«

»Reine Vorsichtsmaßnahme«, antwortete ich. »Damit der Wagen in Italien nicht geklaut wird.«

Ich startete den Motor, die Reise konnte beginnen. Das Radio sang aber nicht *Azzurro,* sondern *Driving Home For Christmas.* Ich kriegte die in einem Meer aus

Zuckerwasser schwimmende Melodie von *Honey* nicht aus dem Kopf.

»Hat Chet Ihnen mal was auf der Trompete vorgespielt?«, fragte ich. »Ein Solokonzert nur für Sie?«

»Nein«, antwortete Frau Hauenstein, »Chet wollte immer nur, dass ich auf *seiner* Trompete spiele, wenn du verstehst, was ich meine.«

Frau Hauenstein lachte und hustete, während sie sich eine Zigarette anzündete.

Es wurde schnell dunkel. Ein Polizeiauto überholte uns. In den Radionachrichten kein Wort über Tom und Heike, Sammy und Mars. Die Pistole würde ich, wenn nichts mehr dazwischenkam, in Venedig ins Meer werfen. Da konnten sie lange suchen. Übergeschnapptes Hupen riss mich aus meinen Gedanken. Ohne auf den Verkehr hinter mir zu achten, war ich auf die Überholspur geraten.

»Wenn du gestattest«, sagte die Alte, »würde ich schon noch gern die eine oder andere Gondel sehen.«

»Übrigens«, fragte ich, um das Thema zu wechseln, »wie hat Ihre Tochter es geschafft, Sie in dieses Heim abzuschleppen?«

»Geht dich nichts an«, antwortete Frau Hauenstein und nahm sich eine neue Zigarette. Eine Minute später sagte sie: »Die Ziege hat mich reingelegt. Hat was von einer Weihnachtsfeier in einem schicken Restaurant gefaselt. Und dann ist sie mit hundert Sachen zu diesem Krematorium gerast. Da warteten schon zwei Riesenkerle in weißem Kittel auf mich, die haben mich gepackt.«

Fünf Autobahnkilometer später musste die Alte aufs Klo. Die nächste Raststätte war eine Viertelstunde entfernt, sagte das Navi. Noch 1132 Kilometer bis Venedig.

Frau Hauenstein zappelte, keuchte, verfluchte ihre schwache Blase und meine langsame Fahrweise. Ich schaffte es in zwölf Minuten. Dafür, dass ihre Beine nie wollten, legte sie zunächst ein erstaunliches Tempo vor. Dann blieb sie mitten auf dem Zebrastreifen vor der Raststätte stehen und blockierte einen abfahrbereiten Gefahrguttransporter aus Bulgarien. Der Fahrer setzte Sirenen, Lichthupe und seine Stimme ein. Alles, was er damit erreichte, war höchstens ein Kurzschluss. Die bunten Lämpchen am großen Weihnachtsbaum vor dem Eingang zur Raststätte erloschen.

»Alles nass! Ich will nicht mehr«, sagte Frau Hauenstein. »Fahr mich zurück in dieses Heim! Fahr mich zur Einäscherung!«

Nachdem ich ihren Koffer aus dem Wagen geholt hatte, begleitete ich sie zum Waschraum. Die Aufsicht dort, eine korpulente Afrikanerin, sah sofort, was los war. »Ich helfe«, sagte sie. Als Erstes reichte sie der Alten ein Taschentuch für die Tränen, dann verscheuchte sie zwei Wimpern tuschende Fünfzehnjährige und mich aus dem blassgelb gekachelten Raum und sperrte die Tür zu.

Ich ging zurück zum matt erleuchteten Parkplatz. Es war 19 Uhr 10, Außentemperatur: ein Grad minus. Mit schlechtem Gewissen wegen der tauenden Antarktis ließ ich den Motor laufen, damit die Heizung auf Touren blieb und Frau Hauenstein sich nicht erkältete.

»Hab der Negerin zweihundert Euro gegeben«, sagte sie zwanzig Minuten später. »Ist schließlich fast Weihnachten.« Sie schnüffelte, verzog das Gesicht. »Sag mal, wonach riecht das hier? Fisch?«

»Hatte Hunger«, antwortete ich. »Da hab ich mir zwei Scheiben von Ihrem Weißbrot und ein kleines Stück von der geräucherten Makrele genommen.«

»Hättest doch in der Raststätte was essen können. Dieser Gestank jetzt hier!«

»Und Ihre blöden Zigaretten? Stinken viel mehr, und ich krieg auch noch Passivraucherkrebs davon!«

»Und warum läufst du immer noch mit Charles' schwarzer Krawatte durch die Gegend?«, fragte die Alte zwischen Langerwehe und Düren.

»Charles' Krawatte? Quatsch, die ist doch von Chet!«

»Chet! Chet! Immer nur Chet!«, schrie Frau Hauenstein. »Ich will nicht, dass du mich immer mit diesem Ding an meine letzte Ruhe erinnerst!«

Ich richtete mich kerzengerade auf und blickte stur nach vorne. Ich zerrte mir die Krawatte vom Hals, wollte sie aus dem Fenster schmeißen. Das kam mir dann doch zu theatralisch vor. Ich stopfte das Stück Stoff umständlich in meine rechte Hosentasche. Und dann war Schweigen bis weit hinter Köln.

Da sagte Frau Hauenstein auf einmal: »Warum bist du nicht bei deiner Frau und deiner Tochter, einen Tag vor Heiligabend?«

Wir schwiegen wieder eine Weile. Dann sagte die Alte: »Ich wollte übrigens nie Ilse heißen, sondern Aida. Wie die Oper. Und jetzt bist du dran. Komm, Junge, erzähl mir deine Geschichte.«

Noch 1057 Kilometer bis Venedig.

Meine 12 Lieblingslieder

am 23. Dezember, 13 Uhr 02

12 **Frank Zappa** *Twenty Small Cigars*
11 **Kings Of Convenience** *Renegade*
10 **Captain Beefheart & The Magic Band** *My Head Is My Only House Unless It Rains*
9 **David Ackles** *The Road To Cairo*
8 **Jake Holmes** *Dazed And Confused*
7 **XTC** *Dying*
6 **The Clash** *Armagideon Time*
5 **Kristof Schreuf** *You Shook Me All Night Long*
4 **Enrico Rava** *By The Sea*
3 **Gil Scott-Heron** *Lady Day & John Coltrane*
2 **Robert Wyatt** *Sea Song*
1 **Chet Baker** *Let's Get Lost*

Großen Dank an WF und Melanie Schwarz
für Regie und Sympathie.